JN011661

c o n t e n t s

世界中から
滅び の 者と
けど
後
いじ 子に
恋をする
Sekai kara
Horo o Kenja to
Osore reteta kedo,
4000 engo,
Ijime ekko ni
Koi suru

# プロローグ

## 世界滅ぼすとか誤解なんだが

# 1

神と人が最も近しくありながら、戦乱と混沌《こんとん》が渦巻く狂気の時代があった。

人間と魔族が獣人と亜人が、終わることのない憎しみと共に戦いを繰り広げ、消えることのない戦火が世界を呑《の》み込んだ。

しかし、そんな彼らの戦いは、たった1人の存在によって終わりを告げることとなる。……否、正確には、終わらせざるを得なかった。

「これで終わりだ、《滅びの賢者》シルヴァーズよ!!」

数千万は下らない大軍を一夜にして皆殺しにし、数多《あまた》の大国を滅ぼし、山も大地も焼き払い、ついには神々すらも破壊し尽くした最恐最悪の具現にして、最強の不倶戴天《ふぐたいてん》。

時に〝終わらない戦火〟という概念から生まれ出《い》でた《炎の悪魔》、時に外宇宙より侵略してきた《破壊神》、そして世界を滅ぼすという狂気にとり憑かれた《滅びの賢者》と恐れられ、世界そのものの敵となった男……シルヴァーズによって、世界は滅亡の危機に瀕していた。

誰も彼も、どこの勢力も、世界全てがシルヴァーズを討とうと躍起になったが、差し向けられた軍勢や英傑は悉《ことごと》く返り討ちに遭い、もはや常道では決して倒すことができないと思い知ることとなる。

このままでは護《まも》るべき国や人々も絶滅させられる。それを悟った神々を始めとする全ての種族は禍根を乗り越えて一致団結し、ついに《滅びの賢者》を永久封印直前にまで追い込むことに成功した。

立役者となったのは、各勢力最強の猛者たち。

世界の創造と維持を司《つかさど》る、〃破壊〃と対を為す神、《創造神》クリア。

人類の希望である、全ての邪を払うとされる《勇者》レックス。

偉大なる魔族の王にして、世界最高の魔力を持つ《魔王》ガロード。

雄々しき獣人の首魁《しゅかい》、戦士の中の戦士と称《たた》えられる《獣帝》エルファレス。

全ての精霊、妖精の頂点に立つ存在である《精霊宗主》カナン。

亜人を統べる者であり、雄大なる山と森と平原の覇者、《霊皇《れいこう》》オルキウス。

最も猛き者であり、武と戦いを司る誇り高き神、《闘神》イドゥラーダ。

いずれも、世界を滅ぼすことも救うこともできる7人。そんな彼らが力を合わせても、封印という手段を選ばざるを得なかったことから、シルヴァーズが如何《いか》に強大な存在かが理解できるだろう。

「オレたちの力じゃ、お前を殺し、滅ぼすことはできない……！　だからこのまま、時空間の狭《はざ》間《ま》へと追放する……!!」

7人とも深く傷つき、消耗しきった体に鞭打《むちう》ちながら、全霊の魔力を込めて封印魔法の行使と、シルヴァーズの動きを封じることに全力を尽くす。

彼らの目の前に居るのは、創造神が作り出した絶対破壊不可能とされる鎖で雁字搦《がんじがら》めにされた、まさに悪魔と言うべき外見をした、焔《ほのお》でできた衣を身に纏《まと》う男。

全身は漆黒に染まり、背後から生える竜を思わせる翼と尻尾。頭からは鬼神のような角が2本、指からは血のように赤い、長く鋭い爪が生えた、まさに〝世界の敵〟を全身で表現するシルヴァーズは、破壊できないはずの鎖に罅《ひび》を入れ、引き千切ってはまた新しく巻き付いてくる鎖を焼き尽くし、それだけで世界そのものを揺るがすような怒気を撒き散らす。

「己《オノレ》ェエエエエエエエエエエッ!! 勇者如《ゴト》キガ……魔王如キガ……神如キガ、許サンゾォオオオオオオオオオッ!!」

全力で抗う《滅びの賢者》の膂力《りょりょく》に、7人の英雄英傑、神々が吹き飛ばされそうになる。憤怒《ふんぬ》と怨嗟《えんさ》を振り撒きながら暴れ狂うシルヴァーズの背後に渦巻く魔力の奔流は、時空間の狭間へと敵を追いやるための封印魔法の入り口だ。

「ここまで追い詰められてなんて気迫と圧力……! だが負けない……負けられないっ!! ここでお前を封印し、世界を救うっ!!」

「これで最後だ《破壊神》……皆! 力を合わせて奴を押し込むぞ!!」

## 2

というのが7人の……というか、世界全ての人々から見たシルヴァーズの姿と、彼を取り巻く周囲の状況である。

『お願い話を聞いてぇええっ!!　ていうか、誰か助けてぇえええええええっ!!』

実際、世界を滅ぼすことも救うこともできる7人に囲まれ、破壊不可能とされる鎖で身動きを封じられ、時空間の狭間へと追いやられようとして、涙目になっているのは、どこにでも居そうな赤茶髪の青年である。もちろん翼も尻尾も、角だって生えていない。外見だけでいえば、人間と殆《ほとん》ど同じだろう。

「ここまで追い詰められてなんて気迫と圧力……！　だが負けない……負けられないっ!!　ここでお前を封印し、世界を救うっ!!」

「これで最後だ《破壊神》……皆！　力を合わせて奴を押し込むぞ!!」

「もしお前が本当に戦火より生まれた悪魔だと言うのなら、貴様を倒すのは闘争を止められなかった我らの責だ!!」

『だから破壊神でも悪魔でも賢者でもねぇって言ってんだろ!?　本当に俺の言ってることが分からない!?』

「くっ⁉　なんという咆哮《ほうこう》……！　鼓膜が破れそうだ……！」

「しっかりして‼　諦めちゃダメだよ‼　もう少しだけ頑張って‼」

『いや頑張んなぁぁあっ⁉』

「その身の全てを引き換えにしてでも私たちごと世界を滅ぼす？　ここまで追い込まれてもまだ世界を滅ぼすことを諦めないなんて……なんて恐るべき執念。一体、何が貴方《あなた》をそこまで……」

『んなこと誰も言ってねぇだろ⁉　あぁ、もう‼　まるで聞こえちゃいない‼　どうしてこんなことに‼』

実際、彼は世界を滅ぼすつもりなどサラサラないし、その動機もない。なのになぜ世界最高クラスの強者《つわもの》たちが、揃いも揃ってシルヴァーズの言動を一八〇度ほど曲解するに至ったのか……そもそも口にした言葉が全く別の物騒なセリフに置き換わって彼らの耳に届くのはなぜなのか。

(おかしいなぁ……俺ってただの田舎集落で生まれた一般人だったはずなのに……)

発端は彼が子供の頃に遡る。

シルヴァーズは元々、戦火を逃れた者たちが、隠れるように森の中に作り上げた集落で生まれた子供だった。

魔物よりも人の方が恐ろしいこの時代では、(比較的)奇跡のように平和な村で育ち、極々普通の、少し腕白な鼻水垂れの少年だったのだ。まかり間違っても悪魔とか破壊神とか、そういうのではない。

(全ての始まりはそう……村に現れた魔物が原因だったっけ……)

そんなある日、1匹の魔物が集落の近くに現れた。闘争によるものか、はたまた戦争の巻き添えになったのか、傷だらけで弱り切り、食べ物を求めて集落を襲いにきた小型の魔物だ。

その場に居合わせたのはシルヴァーズただ1人。幼かった彼は、「俺が皆を守るんだっ!」と子供特有の正義感でなんとか魔物を追い払ってしまったのである。

それが全ての始まり。一度上手《うま》くいってしまえば、7歳の男の子など自分がヒーローか何かと勘違いしてしまう単純な生き物で、今後も村に近寄ってくる危険な魔物を追い払ってやろうと決心してしまったのだ。

そして更に幸か不幸か、その後もシルヴァーズでも追い払える程度の弱い魔物とばかり遭遇し、自分がどれだけ危険なことをしているのか理解出来ないまま、強くなるために木の枝で素振りをしたり、独学で簡単な魔法を習得したりして、村を危機から守り続けてしまったわけである。

……実際、村が被る害が食料程度の魔物しか来なかったのはさておき。

(そんなある日、どこぞの魔術師みたいなのが現れて……)

いつもみたいに村の警備に森を探検し、調子に乗りまくっちゃっている7歳のシルヴァーズ。

すると彼は、村全体を囲むような怪しげな魔法陣を描く1人の魔術師を発見してしまう。

こんなものを描いて何をする気だ、と詰問するシルヴァーズに、魔術師は子供相手に警戒を解いたのか、自らの目的をペラペラと、自慢するように喋《しゃべ》った。

どうやら中に居る人間を生贄《いけにえ》にして自らの魔力に変換する類の魔法を行使するための陣だったらしい。偶然村を見つけた魔術師は、居なくなっても困らない人間を探していたため、どの国にも属さないこの村の人々は格好の材料だったというわけだ。

（……そんで戦いになって……）

無論、当時正義感の強かった幼いシルヴァーズはそんなことを許すわけがない。彼は子供ながらに魔術師に戦いを挑んだ。

ここで彼に一つの幸運と、一つの不幸が訪れる。前者は、魔術師が根っからの研究畑の人間で、戦いなどロクにしたことのないモヤシであったということ。人1人を殺傷することができる程度の魔法を使えるようになっていたシルヴァーズは、村人を生贄にしようとした魔術師を打ち倒してみせた。

――――許さんぞ小僧ぉ！　呪ってやる……我が魂の全てを引き換えにしてでも貴様を呪ってやる‼

そして後者にして最大の不幸は、魔術師が死に際にシルヴァーズに掛けた呪いである。

その呪いは、シルヴァーズが家に帰り実の両親から魔物呼ばわり、化け物扱いされたことで効力が証明された。

後から分かったことだが、どうやら呪いを掛けられた者は、他の生物から見て途方もなく邪悪で敵対心を煽《あお》るような姿と言動をしていると錯覚されるものらしい。それこそ今まさに勇者や魔王、神々を筆頭とした者たちが揃って騙《だま》されるくらい強力な。

結果、7歳にして村を追い出される形となり、呪いを解くべく1人旅を始めたシルヴァーズ。

しかし、全ての生物から敵対心を抱かれる呪いの解呪は、遅々として進まなかった。

なにせシルヴァーズには物体を破壊する魔法の才覚はあったが、それ以外の魔法の適性はお世辞にもなかったらしい。

その上、人前に出れば警戒、攻撃されるため買い物すら満足に出来ないときた。盗みを働いてでも飢えを凌《しの》ぐしかなかったのだが、そんなことをすれば余計に敵対心を煽ってしまうのは必然。

シルヴァーズは世界の破滅など欠片《かけら》も目論《もくろ》んじゃいない。生きるためになんでもし、攻撃されては生きるために反撃し、戦闘になっても殺されないための魔法を積極的に習得しただけ。

どれだけ敵意が無いことをアピールしても、全く別の邪悪な言動として認識されるため、どんどん敵が増えていく。そうして彼の悪名は人から人へと伝わり、討伐隊が、軍が、英傑が、最強が押し寄せるようになってきて、それらに対抗するべくさらに強さを求めるしかなかった。

その結果が、《炎の悪魔》、《破壊神》、《滅びの賢者》という、全く嬉しくない二つ名である。

(あの瞬間から俺の人生にケチが付いたのか……！　しかも生きるためとはいえ、俺も色々やらかした自覚があるから、すっごく生き辛《づら》くなっちゃったし……！)

一時期、人前に出ずに山に引き籠《こ》もろうと考えたこともあったが、時既に遅し。なにせ不穏分子や敵対者を排除するのに妥協しないのが今のご時世である。悪名が世に広まる頃には、大陸を丸ごと圏内に収める索敵魔法の使い手に目を付けられ、果ては星1つ分を圏内に収める索敵魔法の使い手に目を付けられて逃げ場を完全になくしてしまっていた。

（いや……ぶっちゃけ1人だと寂しいし、どんな形でもいいから人と関わりが欲しいとも思ったけど……）

そんなことを考えていると、遂にその時はやってきた。

「後、もう少し……！　皆の力を、一斉に奴へとぶつけるんだ!!」

「「「「「おおおおおおおおおおおおおおっ!!」」」」」

『ちょ、おまっ!?　あ、あ、あ……あぁ～～～～～～～～っ!!』

勇者レックスの号令と共に、7人の攻撃が束となってシルヴァーズの腹を穿《うが》つ。その勢いで後ろへと押し出されたシルヴァーズは、時空間の狭間へと吸い込まれ、その入り口である魔力の渦は跡形もなく消え去った。

それは、《滅びの賢者》がこの世界から消えてなくなったということ。

しばしの静寂が7人を包む。それに耐え切れなくなったように、彼らは一斉に歓喜を上げた。

「やった……ついに俺たちはシルヴァーズを倒したんだ!!」

不倶戴天の敵、《滅びの賢者》を倒したという朗報は世界を駆け巡る。ほんの数年前までは殺し合いをしていた種族同士が世界の破滅から逃れたと思い込んで喜び、互いの体を抱きしめ合い、互いの健闘に心からの賛辞を贈る。

全世界共通の敵の登場により戦乱の禍根を乗り越え、同盟を組んだ全種族は平和の尊さを改めて実感し、軍事同盟を友好同盟へと変更。これが末永い平和の時代の始まりであった。

# 3

　時間が急速に巻き戻ったり、早送りになったり、時には突然停止する、地面も空気も無い特殊な宇宙空間にも似た時空間の狭間。

　世界中の人々が世界の敵を倒したことに喜び涙しているその頃、勘違いで勝手に世界の敵呼ばわりされていたシルヴァーズは、只人《ただびと》が入り込めば刹那に消滅するであろう時空間の狭間から平泳ぎ、バタ足、クロールで脱出しようともがいていた。

「死んで……たまるかっ!!　俺は……生きるんだっ！」

　死にたくない。それこそが彼が戦ってきた理由。確かに多くの敵をこの手で殺《あや》めてきたが、ただ生きることを願い、そのために抗うことの何が悪いというのか。たとえ脱出不可能と呼ばれる時空間の狭間に追いやられようとも、こんな理不尽に殺されては今まで何のために抗い続けたのか分からない。

　シルヴァーズは蒼白《あおじろ》い光を解き放ち、それは時空間の狭間の全てを埋め尽くした。

《炎の悪魔》の名の由来ともなった灼熱の閃光《せんこう》。全身から放出される閃熱は物理的な力全てを無意味なものとする空間さえ焼き尽くした。

　すると空間に大きな亀裂が入り、出口を思わせる強い光が漏れだす。

「あそこに飛び込めば、もしかしたら!!」

ここは時間の流れが不規則に入り乱れる特殊な空間だ。元の時間軸に戻れる可能性など芥子粒《けしつぶ》ほどしかないどころか、もしかしたら全く違う時代、それどころか全く違う星に投げ出される可能性もある。

それでも水や食料どころか、空気すら無いこの場所よりは遥かにマシなはず。一縷《いちる》の望みをかけて、シルヴァーズは光の中へと飛び込んだ。

……この時、彼はまだ気付いていなかった。不規則な時間の流れでも影響を受けない、色々とおかしい彼の肉体と魂の中で、唯一シルヴァーズを長年苦しめていた呪いだけが局所的に影響を受けていたことに。

# 第一章

# 破壊神呼ばわりされた村人が目指す
# 楽しいスクールライフへの道筋は、
# そこらの破壊兵器よりも
# 始末に負えないかもしれない

# 1

幾つかの大きな大陸と無数の島々、そして面積の半分以上を占める海で表層が構築されているこの星には、大まかに五つの大きな国に分かれて人類が暮らしている。

海に囲まれた、人間が中心となって治める大国、ヒュレムノート。

長い爪と耳、尖《とが》った犬歯が特徴的な魔族が中心となって治める国、ベイリンクス。

獣の頭と尻尾と人の体を持つ獣人族たちが治める国、グランコクマ。

エルフ、ドワーフ、小人族の3種の混成コミュニティ、亜人族が中心の国、ドラコル。

そして4種族の領土の中心に位置するアムルヘイド自治州。その学術都市に設立された、とある学校の編入試験案内の冊子を手にした少年は、住んでいる片田舎から意気揚々と学術都市へと向かおうとしていた。

元々身寄りもなく1人で暮らしていた彼は夢を叶えるべく、来る日も来る日も勉学と仕事に身を捧げてきた。大都市にあって由緒正しい名門中の名門と言っても差し支えのない学校の学費を支払えるだけの蓄えができたので、編入試験に臨むべく村を出た翌日のこと。彼が乗せてもらっていた行商人の幌馬車《ほろばしゃ》が、盗賊団に襲われたのだ。

ジェスター盗賊団。世界各地を股にかける最強にして最悪の盗賊団である。

ありとあらゆる種族が入り交じり、構成人数は500人を超え、落ちぶれた歴戦の兵士や凄腕の冒険者、果てには複数の元宮廷魔術師すら取り込み、その戦闘能力は国軍の選《え》りすぐりから編制された討伐隊では相手にならないとされるほど。少年たちはその一個小隊に襲われたのだ。

そんな無頼たちに襲われれば、ただの商人、ただの少年などひとたまりもない。金品は命ごと奪われ、少年の人生は幕を閉じる……実にありふれた悲劇の結末だ。

そうした悲劇から得た金品で、盗賊たちは宴を開く。ジェスター盗賊団の本拠地であるアムルヘイド領内の誰も近づかない山の内部……魔法でトンネル状にくり抜いた、一見何の変哲もない山にしか見えないアジトで開かれる、酒を呷《あお》りながらの功績自慢という宴。

やれ人間の国の軍隊を返り討ちにして装備を全て奪い取ってやっただの、やれ魔族の宮廷魔術師たちを返り討ちにして、その魔法の秘奥を全て奪い取ってやっただの、とても一盗賊団とは思えない会話が、誇張もなしに飛び交う。

もはや誰にも止めることはできない凶悪な盗賊団。全世界が頭を悩ませる悪逆非道な無頼たちの酒宴の中心に、突如空間の裂け目が現れる。

酒精を吹き飛ばして一斉に警戒を露《あらわ》にするジェスター盗賊団。どこぞの魔術師の魔法か、はたまた偶然の産物か、いずれにせよ彼らの眼に油断はない。

むしろ楽しい宴の邪魔をした者が居るのなら、どう料理してくれようか……歴戦の男たちが包囲し、見守る中、空間の裂け目から飛び出してきたのは、どこにでもいる平凡な赤茶髪の青年。

「やあっと出れたぁっ！　……ん？　うわっ⁉　人がこんなに⁉」

最恐最悪と謳《うた》われた者同士が巡り合う。

今、世界が恐れた《滅びの賢者》シルヴァーズが、勇者と魔王、神々たちによる封印の空間から解き放たれた。

## 2

時空間の狭間《はざま》から抜け出したシルヴァーズが、目の前に種族問わず大勢の人が居ることを認識するや否や、真っ先に起こした行動は自分の顔を両腕で隠そうとすることだった。

これは単なる癖である。呪いを受けてからというもの、会う人全てから邪悪な化け物と呼ばれ続け、自分の顔に向けて敵意と恐怖が混じった視線をぶつけられる。

シルヴァーズが人前に出た瞬間に顔を隠そうとする仕草は、そうした敵意から自分の心を守ろうとするべく身に染み付いたものなのだ。

「何だこのガキ!?」

「いきなり何もないところから現れやがったぞ!?」

「空間魔法の使い手か？　しかし、何だって俺たちのアジトのど真ん中に」

「………………ん？」

しかし、彼らの反応はシルヴァーズが予想する、いつものものではなかった。

むしろ姿を現したことで警戒が薄れたかのような、どこか侮るような視線。……そして何より、聞き流すことができない単語が聞こえてきた。

「なぁ……今誰か、俺のことをガキって言った？」

「あぁん？　それがどうしたってんだよ？」

「テメェ、俺たちのアジトに踏み込んで生きて帰れると思うなよ!?」

最強最悪の盗賊団、約５００人による凄まじい眼光と威圧が、中心にいるシルヴァーズに一斉に向けられるが、当の本人はそれらを全く気にする様子もなく思案に耽《ふけ》る。

シルヴァーズは呪いによって姿形と全ての言動が邪悪なものとして他者に捉えられる。しかし今、この場の人々は自分を実際の見た目通りの姿として受け取っており、その上言葉までちゃんと通じる。

(俺が封印場所として放り込まれた時空間の狭間……あの急激かつ不規則な時間の流れが、俺の中の呪いに干渉し、呪いとなる前の状態まで戻って消滅した？)

呪いが消えた。今まで散々苦しまされ続け、果ては世界の敵とされるにまで至った呪いが消滅した。その事実を認識した時、シルヴァーズは全身をプルプルと震わせる。

「何だぁ？　今更現状を理解してビビってんのかぁ？」

「だがもう遅ぇ。お前はこれから俺たちの玩具《オモチャ》に――――」

周囲の盗賊たちはそれを恐怖によるものと思ってか下卑た笑みを浮かべるが、彼らを完全に無視してシルヴァーズは大口を開く。

「呪いが解けたぁああああああああああああっ！！！！」

「「「ぎゃあああああああああああああああああっ!?」」」

世界を敵に回してもなお圧倒した、《滅びの賢者》歓喜の咆哮《ほうこう》。

とても人の喉からは迸《ほとばし》っているとは思えないその大声量は周囲の人々全ての鼓膜を引き裂き、岩壁に無数の亀裂を走らせる。

「やったよぉおおおおおおおおおおおおおいおいおいおいいぃぃいいいいいいっ！！！！」

「「「み、耳が!?　耳がぁあああああああああああああああああっ!?」」」

それでもなお止まることのない……それどころか涙や鼻水を滝のように流しながら咽《むせ》び泣くシルヴァーズの嗚咽《おえつ》は、ソニックブームを引き起こして、盗賊たちは耳から噴水のように血を噴き出しながら全身を打ちのめされる。

荒れ狂う超音波は分厚い岩盤すらも突き抜けて山全体を激しく揺らし、生息していた動物たちは余りの音量のストレスでショック死。土砂崩れが複数発生し、天高く浮かぶ雲を揺さぶって大雨を降らせた。

「うぅぅう……こんなに嬉しいことはない……！　……あれ？　何で全員地面に転がってるの？」

ようやく《滅びの賢者》が泣き止《や》み山に静寂が戻った時、爆音の中心地には、耳から血を流しながら悶絶《もんぜつ》する盗賊たちの姿だけがあった。

中には鼓膜が破れ、全身に傷を負うだけでは済まず、突然の轟音《ごうおん》に驚いて心臓が止まって死亡している者までいる。

「テ……テメェ……！　舐《な》めた真似をしてくれるじゃねぇか……！」

「……ボ、ボス」

そんな中、一際大柄な男……ジェスター盗賊団の首領が両手に大きな魔法陣を描く。すると生存者は一斉に淡い光で包まれ、その身に受けた傷が急速に癒え始めた。広域範囲の治癒魔法だ。

（治癒魔法？　肉体の治癒能力を活性化させるだけ？　随分効率の悪い回復魔法だな。しかもあんなに単純かつ簡単な魔法であんなデカい魔法陣を描くなんて……魔法が苦手な人なのかな？）

「何俺たちを無視して他所《よそ》を向いてやがんだテメェ!!」

自分たちから視線を外しマジマジと魔法陣を眺めているシルヴァーズに、盗賊団の首領は苛立《いらだ》ちが抑えられずに怒号を上げる。

「いきなり現れてとんでもねぇ攻撃魔法かましやがって……一体どこの回し者だ!?」

「攻撃魔法？」

シルヴァーズはわけが分からないと言わんばかりに首を傾げる。

（そんなの使った覚えがまるでないんだけどな……というかこの人たち、何でちょっと大きな声出しただけで鼓膜が破れてるんだろ？）

今のは単なる地声である。確かに突然大声を出したのは褒められることではないが、そのくらいにしては周囲の反応がやけに大げさだ。少なくとも、シルヴァーズはそう思っている。

「惚《とぼ》けんじゃねぇ!!　大方俺たちを捕まえに来たどこぞの国の刺客なんだろうが、この人数を相手にまともに戦えると思ってんじゃねぇぞ小僧!!」

「うぉおお……！　ボ、ボスが本気で怒ってやがる……！」

「なんて圧力だよ……！　流石《さすが》は元宮廷魔術師長なだけはある」

「ボスは昔、一睨《にら》みしただけで獣人国の精鋭を戦意喪失に追い込んだ手練《てだ》れだ……！　あの小僧、間違いなく死んだぜ」

盗賊団の首領は凄まじい殺気と怒気を一直線にシルヴァーズに叩きつける。常人が受ければあまりの恐怖に茫然自失となり、失禁間違いなしの圧倒的な眼光だが――

（何であんなに顔を顰《しか》めてるんだろ？　もしかして、お腹《なか》でも痛いのかな？）

シルヴァーズにとって殺気を飛ばすということは、物理的な威力すら伴う圧力のことを指す。故に彼にとって、盗賊団の首領の殺気など、自分に向けられているものだとはとても考えられない……それ以前に、殺気であると認識出来ないほど弱々しいものでしかないのだ。

（今までなら俺がちょっと声を掛けるだけで逃げられるか攻撃されるかだったけど、呪いが解けた今なら言いたいことをきちんと伝えられる）

今までどんな善意も悪意と捉えられてきた。だから今は腹痛で苦しんでいる（と、シルヴァーズは思い込んでいる）人に向けて言いたいことを言うべきだ。

「あのー……こんな大人数の前だと恥ずかしいのは分からんでもないけど、トイレ行きたい時は行ってきた方が良いですよ？」

「テメェ……！　何ワケ分かんねぇこと抜かしてこの俺をバカにしてやがんだぁあああああああっ!!」

「えぇっ!?　親切のつもりで言ったのに!?」

怒られてしまったことを心外だと言わんばかりの表情を浮かべるシルヴァーズ。

盗賊たちとしては全力で殺気を向けているのに、いきなり「トイレに行きたかったら行け」と頓珍漢《とんちんかん》なことを言われれば、怒るのも無理はない話ではあるが、重ねて言うようにシルヴァーズは殺気を向けられているという自覚がないために気付く気配がない。

「俺たちジェスター盗賊団を前にしてその余裕……随分舐めてくれるじゃねぇか。よほどのバカか、世間知らずなのか」

「ジェスター盗賊団……だと？」

その事実にシルヴァーズの心は驚愕《きょうがく》に包まれる。その表情にようやく気を良くし始めた首領。

「ようやく自分の立場が分かったみてぇだな。そう！　俺たちこそが世界最強最悪と名高い――――」

「アンタら盗賊団だったのか!?　そんな生まれたての赤ん坊よりも遥かに少ない魔力で、あんな下手くそな回復魔法使ってるのに!?」

「このクソガキがぁあああああああああっ!!」

元は国仕えの宮廷魔術師を束ねる立場だった首領は、部下の前で侮辱されて怒りの叫びを上げる。

相手の魔力量を見て測るのは、魔術師にとって基礎的な技術だ。故にシルヴァーズはこの場に居る盗賊全員の魔力量を測ってみたのだが、その結果はまさに酷《ひど》いの一言。全員が全員、生まれたての赤ん坊以下の魔力量しかないのだ。

……………少なくとも、シルヴァーズの基準ではだが。

「やめとけやめとけ、盗賊なんてさっさと足洗った方が良いって。絶対に向いてないから。そんなちっぽけな魔力じゃ、全員の力を合わせても《衛星光砲《サテラレイ》》の一発も防げないだろ。……まったく、何で俺が盗賊なんぞの心配をせにゃならないんだ。あまりに脆弱《ぜいじゃく》すぎるから思わず心配になっちゃったけど」

「「「…………………っっっっ!!」」」

ビキビキビキビキィ！　と、額にいくつもの青筋を浮かべ、血管が浮き出るほど怒り狂う盗賊たち。世界最強と謳われ、中には実力派の魔術師がいるにも拘《かか》わらずこの物言いでは当然の反応と言えるだろう。

ちなみに、《衛星光砲《サテラレイ》》とは大気圏外から地表に向かって発射される光の柱によって、地盤ごと相手を吹き飛ばす雑魚殲滅《ざこせんめつ》用によく使われる魔法である。これに単独で対処出来るかどうかが、雑魚であるか、そうではないかを見分ける基準と言っても良いだろう。

……あくまで、シルヴァーズが知る常識の中ではであるが。

（しかし、盗賊か。これは渡りに船だったかな？）

世界中から絶対悪と恐れられたシルヴァーズだが、実際は良心の一つや二つくらいはあるただの村人だ。呪いを受けて旅に出た最初の頃こそは盗みを働いていたが、ある程度金が手に入るようになると、店まで買い物に行っては恐れて逃げる店員や店主を尻目に商品を手に取り、金を置いておくくらいのことはしていた。

そしてその金をどこで手に入れたかというと、戦乱に乗じて略奪を繰り返す盗賊からである。シルヴァーズも生きるためにある程度の必要悪はこなしてきたが、それでも良心の呵責《かしゃく》というものはある。金が必要だからといって、罪の無い者から奪うような真似は極力避けてきた。

その一方で、いくら痛めつけても良心の呵責を感じる必要のない悪党からは略奪行為を働いてきたのだ。その最たる例が盗賊で、彼らはまさにシルヴァーズにとって絶好のカモ……もっと言えば財布なのである。

（べ、別に笑いながら悪事働いているのに仲間がたくさん居る盗賊どもが妬ましいから積極的に狙ったわけじゃないぞ!?）

自分で自分に言い訳するシルヴァーズ。ボッチ歴10年の、実は寂しかったベテランボッチである。

「よしお前ら、大人しく有り金全部俺に渡せ。そうすれば縛り上げてお国に身柄を引き渡すだけで済ませてやるぞ」

手のひらを差し向けながら、満面の笑みでそんなことを最強最悪の盗賊団に言ってのけるシルヴァーズ。

今までとは違い、話し合いができるのだ。問答無用で命ごと金を奪い取らず、ちゃんと警告ができるなんて、実に平和的で素晴らしいことではないか。

呪いが解けて本当に良かったなどと考えていると、とうとう盗賊たちの怒りは爆発した。

「「死ねやクソガキがぁあああああっ!!」」

四方八方で魔法陣が輝き、刃《やいば》が煌《きら》めく。それら全てがシルヴァーズの体に直撃し、盗賊たちは青年が無残な死体に成り果てたことを一様に確信したが――

「ば、馬鹿な!?　あれだけの攻撃を受けて無傷だと!?」

ジェスター盗賊団の一斉攻撃。これを防いで生き延びた者は1人もいない。にも拘らず、シルヴァーズはその身一つで魔法も武器も受け止めてみせたのだ。

「ぎゃあああああああっ!?　炎が、炎があああああっ!?」

「燃える!?　俺の体が燃えて……うわああああああああっ!?」

むしろ近接攻撃を仕掛けた者は片っ端から、シルヴァーズが全身に纏《まと》う炎の衣に焼き尽くされるくらいだ。

刃も魔法もシルヴァーズの薄皮を破ることすら叶わず、攻撃を受けた当の本人は疑問を表情に浮かべながら首を傾げる。

「……ん？　今死ねとか聞こえたけど、もしかして俺は攻撃されたのか？　ていうか、何で勝手に死んでるの？」

一般人の眼から見れば、ジェスター盗賊団の攻撃は全て神速にして必殺の威力を誇るように見えただろう。しかし彼の眼にはとんでもなく遅く、威力も皮膚の上を軽く撫《な》でたかのようにしか感じられない。もはや攻撃とすら認識出来ず、防御や回避すら選択肢に浮かばなかったほどだ。

「ワザとゆっくり攻撃したとかじゃなくて？　ちゃんと俺を殺すつもりで魔法を撃ってきたのか？」

「当たり前だろうが!!　テメェ、いつまで俺たちをバカにすりゃ気が済むんだ!?」

「……はぁ～～～。弱いなぁ……お前らは盗賊のくせして弱すぎる！　そんな体たらくでどうやったらこんな大規模な盗賊団を維持出来るのか不思議でならない」

「「「……～～～～～～～～っ!!」」」

ありったけの哀れみを込めて嘆息すると、もう頭の血管が千切れそうになるくらい顔を赤くするジェスター盗賊団一同。充満する怒気と殺意など気にも留めず、シルヴァーズは全身に魔力を滾《たぎ》らせた。

「まぁ攻撃してきたってんなら是非もない。交渉決裂ってことで、金品はお前らを殺して奪うとしよう」

その瞬間、太陽を思わせる灼熱がジェスター盗賊団たちを焼き尽くした。

迸った魔力が灼熱を帯びて撒き散らされたことで、５００人が入れる広大な空間を焼き尽くしたばかりか、標高３０００メートルを超える山の木々や、最初の咆哮で死んだ生物を一瞬で焼失させ、周囲の鉱石は全て融解し、超高温の溶岩となって流されていく。

さらに二次災害として流された溶岩は他の山や森の木々を呑《の》み込んで焼き尽くし、ジェスター盗賊団のアジトである山周辺では盛大な山火事が発生。後に残されたのは黒炭の焦土だけであった。

この光景を見た誰もが凄まじい攻撃魔法、戦略級の破壊魔法だと、口々に言うだろう。しかし、シルヴァーズ自身は魔法を使ったつもりもなければ、攻撃をしたつもりもない。

ただ……世界を容易に滅ぼすと恐れられた《滅びの賢者》が、臨戦態勢に入っただけである。

# 3

この世に悲劇があれば、信じられない幸運もある。盗賊団のアジトである山の8割以上が焼失した、まさに災害とも言うべき被害の中、2つの幸運があった。

1つはジェスター盗賊団が溜め込んだ財産の殆《ほとん》どが無事であったということ。アジトとして山に掘られたトンネルの入り口付近に部屋を作り、そこに財宝を溜め込んでいたのだが、運よくシルヴァーズが発した灼熱と二次災害である溶岩から逃れたのだ。

そして2つ目の幸運は、新入りの雑用であるという理由で宴には参加させてもらえず、アジトの入り口の見張りをしていた、ジェスター盗賊団2人の生き残りである。財宝庫の近くに居た彼らもシルヴァーズの被害から免れたのだが、粘度の低い溶岩を素足で掻《か》き分けながらこちらに向かってくるシルヴァーズを見て、失禁しながら腰が砕けて身動きが取れずにいた。

「テ、テメェ……！　よ、よよよ、よくも皆を……！」

「い、いいいい生きて帰れるなんて……お、思……！」

「……お前ら、盗賊の生き残りか？」

「ひ、ひぃいいいっ……！」

「だ、だだだだったら、なな何だってんだよ……!?」

噛《か》み合わない歯をガチガチと鳴らし、完全に怯《おび》え切った表情を浮かべてもなお、シルヴァーズに敵意を向けてくる。

下っ端の新入りである彼らが敵《かな》う道理はないが、圧倒的強者が目の前に迫ってきているのだとしても、彼らにも矜持《きょうじ》がある。世界最強最悪という看板を背負った盗賊団の一端としての矜持が。

生存を第一に考える本能と安直なプライドが混然一体となり、足もとに汚水の水溜まりを作りながらへたり込んで、剣を片手でブンブン振り回すという矛盾した行動を続ける彼らを、シルヴァーズは一喝した。

「お前ら本当によくこんな弱っちいくせに盗賊なんてやってこれたな!? 一回でも悪さ働けばその場で逮捕だろうに！」

「……へ？」

「俺は特に何もしてないのにあのボスとかいう奴含めてみんな勝手に死ぬし。大の大人が雁首《がんくび》揃えてこうもか弱いとは……お前ら病院とか家の中で過ごした方が良いんじゃないのか？」

「な、何もしてないって……ま、魔法を使ったんじゃないのか？　山を焼き尽くすような大魔法を……」

「魔法なんて使ってるわけないだろ。戦おうとしてちょっと力入れたらあいつらが勝手に死んだんだ。こんな弱い奴らは生れて初めて見たぞ!?」

特に何もしてないのに全滅した。そう言われた時、生き残りである彼らのなけなしのプライドは木端微塵となり、後に残ったのは純然たる恐怖のみ。完全に怯えていて、これ以上いじめるのも気が引けたシルヴァーズだったが、その時彼らは聞き逃せない言葉を口にした。

「な、何なんだよ……何なんだよこいつぅぅ……！」

「そ、その炎の服……まさか伝説の《破壊神》シルヴァーズなんじゃ……」

「ば、馬鹿言え！　何で４０００年前の悪党が今の時代に現れるんだよ⁉」

「け、けどよぉ……！」

「……ん？」

最も多く呼ばれた異名こそ《滅びの賢者》だが、《破壊神》や《炎の悪魔》もまたシルヴァーズの代名詞だ。炎の服に身を包んでいる者がいればそいつがシルヴァーズだと断定されるほどには有名になっているので、個人を特定されること自体は驚きはしなかったが、伝説だの４０００年前だのと、人のことを随分と昔の人物のように言ってくれる。

「何だあれ？」

そのあたりのことを問い詰めようとすると、シルヴァーズの視界の端にあるものが見えた。それは木製の扉が炭化し、中が丸見えになった財宝庫に乱雑に置かれた、鞄の口からはみ出た冊子。シルヴァーズの目を引いたのはそのタイトルだ。

「聖暦４０５１年、アムルヘイド賢者学校編入試験案内……？」

ちなみに、シルヴァーズが勇者やら魔王やらと戦って時空間の狭間へと追いやられたのは聖暦

32年のことである。つまり、シルヴァーズは時空間の狭間を彷徨《さまよ》って、出てきたら4000年以上も未来にタイムスリップしたということだ。

「あー……そっかー……そんな先まで流されちゃったのかー……」

同じ時代に出られる保証などないことは分かっていたが、こんな先の時代にまでタイムスリップすることになるとはシルヴァーズも想像していなかった。思わず呆然とするが、ふとあることに気が付く。

「……ん？　待てよ……ということは、俺のことを知ってる奴なんて殆ど居ないんじゃ……？」

4000年も経てば、神々や精霊はともかく、勇者も魔王も獣人も亜人も死ぬだろう。その上、呪いが解けて本当の姿が他人の目に映るようにもなっている。

《滅びの賢者》シルヴァーズの魔力を識別出来る者などこの時代にはそうはいないだろう。意図せず悪評と悪名を轟《とどろ》かせてしまった人生をやり直す、まさに絶好のチャンスと言える。

「でへへ……話が上手《うま》すぎて陰謀を疑っちゃいそうだ。となると次に気になるのは……おい、お前ら！」

「「ひ、ひぃいいいいいいっ!?　ど、どうか命だけは……！」」

「よぉし、命だけは助けてやる。その代わり俺の質問に正直に答えるんだ」

突然シルヴァーズに声を掛けられた盗賊の残党2人は、ガタガタと震え、土下座しながら祈るように両手を組んで懇願する。

流石にこれ以上追撃する気もないシルヴァーズが命は保証すると伝えると、2人はブンブンと残像ができそうなくらいの勢いで首を何度も縦に振った。そして例の冊子の表紙を見せながら
「この賢者学校ってのは何だ？　聞いたことない単語なんだが」

とたずねた。

「……え？」

意外そうな表情を浮かべる残党たち。シルヴァーズが生まれた4000年前には学校などというものは存在しなかったが、この2人の反応を見る限り、今の時代は学校を知っていて当然のようである。

「……え、えっと……学校って言うのは10代のガキが集まって勉強するところで……その賢者学校ってのはこの国の学術都市にある、魔法やら戦闘技術やらを学ぶための場所……です」

「ふーん」

この時点で、シルヴァーズの学校に対する興味は薄れていた。要するに訓練所や研究所みたいなところというわけだ。そんなところ、全く以《もっ》て魅力を感じないのだが、一応念のためにこれだけは聞いておく。

「ここって良いところなのか？　いまいち想像が出来ないんだけど」

「め、名門中の名門らしいんで、設備とかが整ってるらしいっす。……正直、俺らも通ったことないんでよく分からないんですけど。学校なんて、ウザったらしいリア充が青春を謳歌《おうか》してる場

所みたいな印象しかないですし」

何か嫌な思い出でもあるのだろうか。残党2人は今にも反吐《へど》が出そうな表情を浮かべてリア充と口にした。

「リア充？　何それ？」

「えーっと……簡単に言えば現実の生活が充実してる奴……？　俺らは単に学校での友達が多い奴のことを言ってました」

「友達だと!?」

「あと、彼女がいる男のこととか」

「彼女だとぉおおおおっ!?」

驚天動地とばかりに後退《あとずさ》るシルヴァーズ。彼にとって、その2つは求めても求めても手に入らない、憧れそのものであった。

世界の敵と勘違いされ、たった1人で自分自身のために戦い続けたシルヴァーズと違い、彼に挑む者たちは皆、愛する人のため、友のため、仲間のために戦っていた。その輝き、その尊さに何度も目が眩《くら》んだが故に求めていたのだ。

しかしそんな者が1人でも居たのならシルヴァーズはボッチになどなってはいない。その結果が時空間の狭間への追放なのである。

シルヴァーズは興奮し切った様子で残党たちに詰め寄る。

「この学校ってのに通えば、友達も彼女も居るリア充っていうのになれるのか⁉　もっと詳しく教えてくれ‼」

「ひ、ひぃいいっ⁉　お、おお俺らも詳しいことは何も！　た、ただ、賢者学校を含めた高度な教育を受けられる学校を高等学校って言うんですけど、そこに進学する時にイメチェンする奴を高校デビューって言って、そういう奴が突然リア充になったりしますぅぅ‼」

「高校デビュー……！」

リア充に高校デビュー……なんて素晴らしい響きなのだろうか。散々《滅びの賢者》だの、《破壊神》だの、《炎の悪魔》だの、忌々しい異名で呼ばれてきたが、そんなもの《リア充》という呼び名の前にはガラクタに等しい。

「……決めたよ……」

「へ？」

シルヴァーズは冊子の間に挟まっていた、『賢者学校編入試験手続書』という紙を取り出す。

「俺、この学校で高校デビューしてリア充になる‼」

まさに《滅びの賢者》と恐れられた過去からの脱却に相応《ふさわ》しい儀式。この学校に通うために生まれてきたのだと確信してしまうほどの目標がシルヴァーズの魂に刻み込まれた。

長い年月を経ても言語は変わっていないらしく、意気揚々と記入欄を埋めようと、同じく鞄の中に入っていたペンを持った彼だが、その手は最初の欄……受験者氏名のところで止まってしま

う。

（名前……どうするか）

盗賊たちの言葉から察するに、シルヴァーズという悪名として伝説に刻まれた本名をそのまま記入するのは色々と不味《まず》い気がする。となると偽名という手段を思いつくのが当然だ。

シルヴァーズは少しの間頭を悩ませ、最終的に一度頷《うなず》いてペンを動かした。

（シヴァ・ブラフマン……今日から俺はシルヴァーズ改め、シヴァ・ブラフマンだ）

シルヴァーズの略称に適当な姓を付けただけ。しかしわざわざ凝った名前を付ける必要もないだろうと、シルヴァーズ改め、シヴァは満足気に頷く。

ここからがシヴァの新しい人生の始まり。この先に続く、光り輝く未来をシヴァは妄想した。

……が、その前に。

「ところでお前ら、ちょいと欲しいものがあるんだが」

「は、はいっ!?　な、なな何をお求めでしょうかっ!?」

少し話が変わるが、シヴァが身に纏う炎の衣。これはわざわざ魔法で編んだ戦闘装束なのだが、伊達《だて》や酔狂でこんな格好をしているわけではない。

普通の服はもちろん、特殊な魔法衣でも彼の全力に耐え切れず、もれなく消し炭になってしまうから、攻撃と全く同質の炎を服状に形成し、隠すべきところを隠しているに過ぎないのだ。

つまり何が言いたいのかと言えば――――

「着替え一式くれないか？」

彼は今、実質全裸《すっぽんぽん》なのである。

# 4

アムルヘイド自治州は大公を頂点とした複数の貴族によって統治される、いわゆる公国のような側面を持つ地である。

そんな中でも学術都市の統治を任されたアブロジウス公爵家令嬢でありながら、周囲の人間全てから虐げられる……それは、セラ・アブロジウスにとって当然ともいえる日常であった。

とはいっても、最初からそうであったというわけではない。5歳くらいまでは母親や父親から愛情を与えられていたような記憶が朧気《おぼろげ》ながらもある。

しかし、母が病で死んでからというもの、父は本性を現したかのように豹変した。幼かったセラを殴る蹴るは当たり前、酷い時には何の理由も無く食事を抜き、冬の寒い屋外に薄着1枚着させて放り出す。そんなことが頻繁にあった。

虐待に拍車がかかったのは父がある貴族の娘と再婚してからで、驚くべきことに同じ年頃の腹違いの姉《あね》までおり、義姉と継母《ままはは》も加わって更に苛烈な家庭内暴力に発展したのだ。

『私から彼を奪った忌々しい女の娘！　視界に入れるだけで吐き気がするわ！』

『見て見て、このドレス！　素敵だと思わない？　……それに比べて、本当に汚くて貧相な子よねぇ。腹違いとはいえ、妹だと思うと恥ずかしくなっちゃうわ』

『お前は我が公爵家の恥だ。生き存《なが》えたければ私や妻、義姉の言葉には絶対服従だ。いいな？』

結婚したくもなかった相手との子供。自分の男を奪った女の子供。口々に零《こぼ》れる侮蔑の言葉から察するに、セラが虐げられる理由はそういうことらしい。

見かけるだけで水を……酷い時は魔法をぶつけられ、食事は生ゴミが入ったバケツをひっくり返して地べたにぶちまけられた物を食べさせられる。

与えられる服は服とは言えず、余り物の布を投げ渡されて「勝手に繕え」と言われる始末。おかげでセラの服は貴族令嬢にも拘らず、典型的な貧乏人が着るような継《つ》ぎ接《は》ぎだらけの薄っぺらい襤褸《ぼろ》だ。

そしてこれまた貴族令嬢にも拘らず、教育も満足に受けさせてもらえなかった。マナーはもちろんのこと、文字や計算、歴史に魔法、社会生活のために必要な全てを知らないまま生きてることになったのだ。辛うじて覚束《おぼつか》ない文章と最低限の一般常識だけは身に付けたものの、何の足しにもなりはしない。

『ねぇ、何でアレって一言も喋《しゃべ》らないの？』

『さぁ？　なんかお嬢様と奥様が来て少ししたら喋らなくなったのよ。まぁ、折檻されてギャアギャア騒がれるよりかは良いんだけどね』

『そうそう。ちょっと蹴ってやっても騒がないから、ストレス発散になるし！』

実の父と継母、義姉に虐げられ、遂には精神的なショックで声すらまともに出なくなったセラ。

しまいには使用人にまで下に見られて時折暴力を振るわれる。もはやセラが公爵令嬢だと説明しても誰も信じないだろう。

『お前はこれから賢者学校に通学しろ』

そんな日々が5歳から続いて4年。9歳になったセラは父にそう命じられて、彼が学長と理事を兼任で務めるアムルヘイド賢者学校の初等部に入学することとなった。

初めは家以外の場所に行くことで安寧の時間を得ることができるのではないかという期待があったが、それはすぐにあり得ないと身を以て知ることとなる。

結局のところ、学校でも家でも周囲からの対応は同じなのだ。虐待的な育児放棄《ネグレクト》を受け、常にボロボロで薄汚いセラを生徒たちがいじめのターゲットにするのは必然であり、加えてそれらを同じ学年である義姉が先導していることから、弱者を虐げるという非道徳的な蛮行が当たり前になっていた。

そして本来それを止めるべき教師ですら、学長である父の威光を笠に着て、セラを相手にやりたい放題。まともな教育を受けられずにいたセラに授業中、1回は黒板の前で問題を解かせようとし、当然のように答えられないセラを生徒たちの面前で小馬鹿にしながら、「皆はこうならないように」と面白半分に反面教育の教本にするのは当たり前、中には意味のない暴言同然の説教で日々のストレスを発散させる教師もいた。

父はなぜこんな自分を賢者学校に入れたのだろう？　……その答えは中等部最後の春季休暇前

の終業式の日、本人が居るとも知らずに発せられた陰口と共に知ることとなる。

『それにしても学長も人が悪い。いくら生徒たちの教育のためとはいえ、悪い見本兼、生徒や教員の日々のストレス発散の捌《は》け口として娘を差し出すとは！　まぁ、お陰でたちの悪い生徒が居ても毎日気分良く仕事が出来ますけどね』

この時になって、セラは最初から何の希望もなかったことを理解した。絶対的な権力者である父と、その父が愛する継母と義姉から逃げることなど出来はしないと。

ならばもう、抗うだけ無駄ではないか。明るい未来も、現状からの脱却も、全て諦めてしまえば少なくとも心は楽になれる。

そう思い込んで、諦めて今日まで生きてきたセラは、とても17歳とは思えない子供のような背丈と、骨が浮き出るほどに痩せ細った体が未発達な娘に育った。

髪も異様に長くボサボサ。伸ばした前髪で自分の目元を隠し、他人の視線から隠れる彼女は風呂すら満足に入ることが出来ず、全身が薄汚れて肌も荒れ果てていた。

「悪く思うな、嬢ちゃん。これも仕事なんでな」

「にしても汚ねぇガキだな。こんなんになっちまったら、もう死んだ方がマシってもんだろ」

そして今日、学校から直行で家に帰る気になれず、街をさまよっていた彼女は、男2人に路地裏に連れ込まれ、ナイフを突きつけられた。

彼らが何者であるかは分からない。しかし、自分のことがいい加減目障りになったのであろう何者か……恐らくどこかの貴族の回し者であるということはなんとなく察しがついた。

(……これでやっと楽になれる)

もう疲れ果てた。疲れが取れることのない体を引きずることも、誰かに虐げられることも、その全てから逃れられるなら、ここで死ぬのも悪くない。


――おかあさま！　このほん、もーいっかいよんで！

――あらあら。またその本を？　セラは本当に、その本が好きなのねぇ。

――うん！　おかあさまも、このほんすきだよね？

――そうね。お母様もその本が大好きよ。さぁ、こっちにいらっしゃい。


(あぁ……でも……もし)

それでも、どこかで生きることを望んでいる自分が居る。

遠い記憶の中で、母が自分を膝の上に乗せて聞かせてくれた物語を思い出す。まだ悪意にも害意にも晒《さら》されていなかった時の自分は、悪者に囚《とら》われた姫が王子によって颯爽と助け出される、まさに夢物語そのもののような内容の本を、何度も母に読んでほしいとせがんでいた。

もはやあの本のタイトルも思い出せないが、現実に本に書かれた物語と同じようなことが起こるはずがないのは知っている。そんな都合よく、絶望から自分を掬《すく》い上げてくれるような救世主などいないのだ。

だが……そんな存在しない救世主が現れることを夢想することは悪いことなのだろうか？　それを心の拠り所にすることすら許されないのなら、あまりにも救いが無い。

辛《つら》く苦しいことばかりだった人生を思い返し、今からでも誰かに助けてほしいと、涙を流して願ってしまった彼女の命を凶刃が刈り取ろうとした瞬間――

「やべぇ、完全に道に迷っちゃった……あ、すみませーん、ちょっと道を聞きたいんですけどー」

現実は時に小説より奇なるもの……どこにでもいそうな、赤茶髪の青年がヒョコッと都合よく現れたのだ。

# 5

「編入試験もいよいよ明日か……とりあえず、これから住む街の探索でもしようかね」

時は少し遡り、盗賊の残党の道案内によって無事アムルヘイドの学術都市まで辿り着いたシヴァ。奪った莫大な金品で街外れの土地と館を購入し、役場で住民登録をし、学校編入試験手続書の記入欄を埋めて、都市中央に位置する賢者学校に提出、無事試験を受けられることになった。

それまでの間が暇なのでとりあえず試験前日に街の探索でもしようかと出歩いてみると、そこには盗賊や敵勢力の襲撃に対して全くの無警戒で、時に笑い合いながら人々が行き来する、まさに平和そのものの街並みが広がっている。

「マジかよ……相手の備蓄ごと木端微塵にする対国専用の大規模破壊魔法への対策もしていないなんて。……俺がいない間に、世の中は随分平和になったんだな」

更に人々をよく見てみれば、4000年前敵対関係にあった人間や魔族、獣人に亜人が横並びで歩いているではないか。シヴァが居た時代なら互いが目に入っただけで恐怖が瞳にありありと浮かぶか、激しい憎悪に身を焦がして攻撃を仕掛けるかのどちらかだったというのに。

「……良い時代なんだろうなぁ。うん、ますます俺の新しい人生に相応しい」

これまで学術都市に向かう道すがら、書物などで現代の必要最低限の予備知識を得てきたのだが、どうやら自分が封印された後に、今でも続く4種族の平和友好条約が結ばれたらしい。

シヴァは別に平和主義者というわけではない。しかし戦闘狂というわけでもないし、不毛な争いを続けていた4000年前よりかは遥かにマシだと感じていた。

生きている以上、やっぱり笑い合っていられる方がずっと良い。それが種族関係なしなら尚のこと。曲がりなりにも混沌《こんとん》と戦乱の時代に生まれ育ったシヴァは、素直に目の前の平和を眩《まぶ》しそうに見つめた。

4000年前と同じ世界共通語を使っているし、貨幣は変わっていたが買い物のシステムは変わらない。精々、物々交換がされなくなった程度だ。古代人同然のシヴァでも、生きていくだけなら困らない自信が持てる、良い時代である。

「そして何より、飯が美味《うま》い!!」

出店で売っていた腸詰の串焼きを右手の指で4本挟み、空いた左手で肉と野菜を挟んだパンを掴《つか》みながら食べ歩きをするシヴァは、時代の流れをその舌で実感していた。

4000年前は、香辛料や塩は砂金と大差がないくらい高価な代物で、食料自体が財宝の一種のようなものだったのだ。調理されたものが出店で売られるなどあり得ないことであった。しかしこの時代の街はそこかしこに美味そうな匂いが漂っており、塩や香辛料、砂糖まで使った料理が安価で大量に売られていた。

「建物も立派なのばかりだし、人も溢《あふ》れ返ってて活気が凄い。……本当に、戦争は終わったんだな」

まるで天国だと思った。これだけでも４０００年後にタイムスリップした甲斐《かい》があったというものだ。

「……ここは広場か」

そうして食べ歩き始めてしばらく経ち、シヴァは大きく円形に開けた場所まで辿り着いた。家屋の類は無く、店などに囲まれたその場所には幾つかのベンチや彫像付きの噴水まで設置されており、家族や恋人同士で賑わっているのが分かる。

「ん？　これは……勇者や魔王の彫像か」

そんな中、シヴァが目を付けたのは中央の噴水、その更に中央の彫像であった。凶悪極まりない悪魔を踏みつける８人の像……それがかつてシヴァを時空間の狭間へと追いやった者たちの像であるということは、すぐ下の石碑を見て分かった。

「《破壊神》シルヴァーズ討伐の地……この街って、俺が勇者たちと戦った場所なのか。……それにしても、俺って周りからこう見られてたのか」

シヴァは改めて踏みつけられる悪魔の像を眺める。角に加えて長い爪牙《そうが》、翼に尻尾まで生えている。確かにこんなのが凶悪なセリフを吐いていたら、シヴァだって問答無用で攻撃するだろう。

「で……だ。いい加減ツッコみたかったんだけど…………誰コイツ？」

《勇者》に《魔王》、《獣帝》に《霊皇》と《精霊宗主》、《創造神》に《闘神》。あの時シルヴァーズと戦った者たちに加えてもう1人、全身にローブを纏っていて男か女かも分からない、全く覚えのない者の像まで彫られていたのだ。

「えぇっと、何々？　《破壊神》に止《とど》めを刺した、《滅びの賢者》？　俺が俺に止めを刺したって何？」

《破壊神》も《滅びの賢者》もシヴァのことを指す。それがなぜ2人に分かれて敵対していることになっているのか。その理由はなんとなく察しがついた。

「ま、4000年も経てば事実がごっちゃになって間違った歴史の1つや2つ広まるか」

実際に目にしていない事象などそういうものだ。そう納得したシヴァは、気にせず探索を続行。特に当てもなくあっちにフラフラ、こっちにフラフラ。時間の許す限り適当に歩いていると

---

「……やばい。迷った」

学術都市は広大で、路地裏も多い入り組んだ街並みだ。そんなところで土地勘のないシヴァが適当に歩き回れば、当然こうなる。

「えぇっと……とりあえず大きい道に出よう。ついでに人が居れば像が置いてあった広場への道を聞いて……」

しかし、行けども行けども路地裏からなかなか出られない。何度も行き止まりにぶつかったり、同じ場所をグルグル回ったりして、シヴァはちょっと泣きそうになった。

「やべぇ、完全に道に迷っちゃった……あ」

こうなったら多少は目立つが最後の手段、屋根伝いに移動しようと考えていたところに、路地裏で人を3人見つけることができた。2人は20代ほどの男。もう1人は前者の陰に隠れていてよく見えないが、非常に小柄な人物のようだ。

「すみませーん、ちょっと道を聞きたいんですけどー」

「あぁん？　何だテメェは？」

意気揚々と話しかけるシヴァ。しかし、相手の反応は想像もしていなかった、非常に忌々しい物を見たと言わんばかりのものだった。

「チッ……見られちまったみたいだな」

「え？　何その反応？　俺はただ道を聞きたくて――」

「悪いが、ここで口封じさせてもらうぜ」

そう言いながら男たちはナイフを取り出す。それを見てシヴァはより一層首を傾げた。

「何だその棒切れ？　爪楊枝《つまようじ》？　どうしていきなりそんな物を？」

「どういう目ん玉してんだテメェは!?　ナイフだろどこからどう見ても！」

その言葉にシヴァは心底驚いたとばかりに目を見開く。

「ナイフ!?　そんな何の魔力も宿ってないガラクタ同然の鈍《なまく》らが!?　そんなん歯の間に詰まった食べカス取るぐらいしか使えないだろ!?」

「な⁉　鈍らなわけあるか！　これはな、有名な工房で打たれたオーダーメイドの一品なんだぞ⁉」

「嘘つけ！　そんなんで人が殺せるわけがないだろ！　俺は騙《だま》されないぞ！」

シヴァにとって刃物とは、余りの鋭さに指を近づけただけで切れてしまうほどの業物《わざもの》のことを指す。しかし目の前のナイフには、シヴァが知る鋭さは感じられなかった。

「テメェ……！　俺たちが暗殺ギルドの一員だって分かってんだろうな……⁉　この場を見たお前は、今から物言わぬ死体になるんだぜぇ……？」

「暗殺ギルド？　つまりここは今、殺人の場ってわけか？」

馴染みのない単語が出てきた。しかしニュアンスから察するに、暗殺を生業《なりわい》とした非合法の団体であるということだろう。

（人を殺すのが仕事なのに、あんな何も切れなそうな鈍らを使っているなんて……きっとこいつらはとんでもなく貧乏なんだろうな……ちゃんとした刃物を買えないくらいに）

暗殺なんて物騒な仕事をしているのも、そのあたりの事情があるのだろうか？　そう考えると、この暗殺者2人のことが哀れに思えてきた。シヴァは口元を左手で覆って目尻に涙を浮かべながら、片方の男の肩に右手を置く。

「……なんて可哀想《かわいそう》な奴らなんだ……」

「何かよく分からないが、とにかく馬鹿にしているってことだけは分かったぜ……！」

もはや暗殺者たちは我慢の限界だった。見当違いな哀れみを抱いたシヴァの首筋に向かって2人同時にナイフを突き立てる。

「な⁉　ナイフが融《と》けて……⁉」

「熱っ⁉　火、火が……火がオレの体に燃え移って……ギャアアアアアアアアアアアアアッ⁉」

しかし、ナイフの切っ先が皮膚を突き破ることはなかった。それどころか、逆にナイフを高温で融解させた上に、暗殺者たちの体に火をつける。

その火は衰えることなく、やがて全身を呑み込む炎となって暗殺者たちを焼き尽くした。原形も残さず消し炭となって風に吹き飛ばされた暗殺者たちに、シヴァは首を傾げる。

「あれ？　また勝手に死んだぞ？　ふぅ……前の盗賊団といい、この時代の悪党ってのはどうしてこうもか弱いのか………まぁ、いっか」

悪党は所詮悪党。同情してやる余地もないし、殺しにかかってくるのなら、殺される覚悟もあるだろう。そんな結論に至ったシヴァは、男2人に囲まれていた小柄な影……小さな少女に声を掛ける。

「おい、大丈夫か？　察するに命を狙われてたみたいだけど」

「…………」

しかし反応はない。口を小さく開けたまま微動だにしない少女を不審に思っていると、少女の体がグラリと傾いた。

「おっと」

難なくその体を抱き留めるシヴァ。どうやら気絶しているらしく、その原因を突き止めようと少女を観察してみる。

「……何かやけに小汚い奴だな。しかも全身ガリガリだし」

目と背中が隠れるほどの長い髪やボロボロの服は、元々何色だったのかも分からないくらいに薄汚れていて、抱き留めた体は骨が浮き出るほどに痩せ細っていた。

シヴァは彼女を浮浪児か難民なのではないかと察した。平和で豊かな時代であっても、こういう者もいるところにはいるのだろう。

「多分、栄養失調で倒れたのかな？　だったら……《浄炎《クリガ》》に《生炎回帰《グリアド》》っと」

二つ同時に発動される魔法。しかし発せられた炎は身を焼く炎ではない。

前者は全身の服の汚れのみならず、体の皮脂や角質、フケに抜け毛に垢《あか》や汗、埃やチリといった不浄のみを燃やし清める炎。後者は魔力を栄養素に変えて全身に循環させる、食料不足の時に重宝する炎の形を成した魔法である。

髪や服、肌に張り付いていた汚れのみが焼き払われて、元の色を取り戻していく。それと同時に荒れた肌や髪、割れた唇は瑞々しさを取り戻していき、痩せ細っていた体は程よく肉付き始めた。

「うん……こんなものか。これでも全然小さいけど」

異様に長く、色素の薄い灰色の髪と、雪のように白い肌の少女だった。背丈だけ見れば10歳を過ぎた程度だろうか……とりあえず家に連れて帰ろうと抱き上げてみた体は、まるで羽のように小さくて軽い。

服もサイズが合っていないのか、ダボダボな上にところどころ破れた跡を修復している。全体的な印象で言えば、なんかモサッとしている。

しかし肌も髪も汚れを取って栄養を与えてみれば綺麗だし、これはちゃんと身なりを整えればそれなりなのでは？　シヴァはそんな好奇心を抑えきれずに表情を隠す長い前髪をどかしてみると――

「んがばっ!?」

変な声と一緒に、シヴァの全身に電流が走った。心を何かが貫いたのだ。

如何《いか》なる魅了の魔法すら術者ごと焼き尽くしてきたシヴァが、まるで本当に魅了に掛かったかのように目が離せない。そんな彼の胸中は、たった一つの感情で占められていた。

――――か、可愛《かわい》すぎるだろ……！

一応言っておけば、今のご時世10歳ほどの幼い少女に手を出せば、ロリコン、犯罪者の悪名が送られると共に、社会的な死は免れない。

しかしシヴァが生まれ育った4000年前は、滅亡を防ぐために早い結婚が当たり前だった。

それこそ10歳から20歳が結婚適齢期と言われるほどに。

それが常識である彼からすれば10歳児など余裕で守備範囲内。気の早い者なら、5歳から予約代わりに婚約を申し込む者までいるのだ。

たとえ現代から見れば、「ロリコン祭り（笑）」などと言われるとしてもである。戦乱で数を減らし続ける人類からすれば、次代の繁殖はそれほど急務だったのだ。

故に、この幼く見える容姿端麗な少女に一目惚れするのは、文字や貨幣、友好条約のことしか現代のことを知らないシヴァからすれば当然の反応なのである。

「なんてこった……これが、初恋……！　俺は編入試験前に、リア充への階段を上っちまったっていうのか……!?」

（シヴァの認識では）リア充育成機関である賢者学校に入学する前に、生まれて初めて恋を芽生えさせてしまった《滅びの賢者》は、嬉しいやら恥ずかしいやらで自分の心をどう整理すればいいのか分からずにいた。

本当ならステップアップの段階があったはずなのだ。まずは入学を果たし、その後に初めての友達、そして初恋と、徐々に段階を踏んでいくつもりだったのだ。

「と、とりあえず落ち着け……冷静になるんだ。こういう時は慌てることなく――――」

# 6

シヴァは購入したての屋敷、その寝室に少女を連れ込んだ。

「………これ、なんか変な誤解されるんじゃ……？」

とりあえず固い場所で寝かせるよりも、ベッドの上の方が良いだろうと思って連れて帰ったのは良いが、見方によっては不埒《ふらち》者以外の何物でもないし、人生で初めて好きになった相手をいきなり自室に上げるなど、そんな上の段階まで第一歩で踏み込んでしまったシヴァはどうすればいいのか分からない。

「……っ……」

「はっ!?　お、起きたか」

「っ!?」

そうこうしているうちに少女が目を覚ました。とりあえず少し距離を取りながら話しかけてみたが、少女はびくりと体を震わせながら怯えたような表情でこちらを見る。

これはこれでショックだが、まだ想定の範囲内だ。目が覚めれば知らない場所で、知らない男が近くに居れば、大抵の人は警戒するだろう。

「えーっと……お、覚えてるか？　お前、路地裏で倒れてたんだけど。その後とりあえず看病のためにここまで……」

「…………」

身振り手振りで説明すると、少女はまだ疑いを残しているものの、何があったのかを思い出したのか、とりあえず話を聞く姿勢を見せる。

（くっ……改めて見ると、やっぱり超可愛いなぁ畜生）

色素の薄い灰色の髪は輝くような銀髪にも見え、小さな顔に嵌《はま》る大きな垂れ目は翡翠《ひすい》色。唇は小さく、薄桃色をしている。先ほどまでミイラか老婆にでも間違われそうなくらい痩せ細っていたとは思えない大変身だ。

（しかもこいつ、結構な魔力量だ）

現代にタイムスリップしてから見てきた者たちとは比べ物にならない魔力をその小さな体に宿していることに、シヴァは気付く。その総量は、4000年前に死闘を繰り広げた7人程ではないが、鍛えればそれにも迫りそうだ。

「……？　……っ!?」

「あ、悪いっ。ジッと見すぎた」

自分の前髪が上げられていることに気付いたのか、少女は顔を赤くしながら前髪を戻して目元を隠してしまう。シヴァからすれば勿体ないことだが、その仕草がどこか小動物のようでいじらしく感じられ、胸の動悸《どうき》が抑えられない。

分かりやすく言えば、凄くドキドキしている。ドキドキし過ぎて――――

「おわぁっ!?」

「っ!?」

座っていた木製の椅子が真っ黒に炭化して崩れ落ちた。緊張による胸の鼓動が熱運動を加速させる、《滅びの賢者》の胸ドキである。

結果、盛大に尻もちをついてしまったシヴァ。あまりの情けなさに顔が羞恥で染まるが、ベッドの上で身を起こす少女は笑う以前に、警戒や疑いが晴れキョトンとしている。

何やら結果オーライの様子。シヴァは転んだことなどなかったかのような表情で尻の黒炭を払い落とした。

「えー……こほんっ。とりあえず、自己紹介から始めていけば……いいんだよ、な？　俺は最近この館に引っ越してきた、シヴァ・ブラフマンって言うんだけど……君の名前は？」

「…………」

人付き合いは第一印象から始まる。そう聞いたシヴァは前々から頭の中でシミュレーションしていたセリフを口にするが、少女からの返答はない。代わりに口元を押さえたり、何かを吐き出そうとしたりする仕草が見られた。

「あー…………もしかして、喋れなかったりする？」

「……」

こくりと、少女は小さく頷いた。シヴァはそんな少女の首元に目を向けるが、古傷らしきものは見当たらない。魔力の形跡も感じられないので、原因はおそらく心因性によるものだろうと推察し、深く追及するのを止めた。頷いた時の彼女の様子が、あまりにも悲しそうだったから。

人付き合いが極端に少ないシヴァには掛ける言葉が見当たらず、代わりに打開策として紙とペンを少女に差し出した。

「これなら会話できるか？」

少女は一度頷き、紙に歪《いびつ》な文字を記す。

【私の名前はセラです。助けてくれてありがとうございました】

「……セラ。それが君の名前か。とりあえず、そう呼ばせてもらっても……大丈夫か？」

少女……もとい、セラは一度首を縦に振る。しかしそこで会話が途切れてしまった。

（やばい……なんか気恥ずかしくて、もう何を話せばいいのか……！）

これが好きな女を前にした男の限界か……そう考えていた時、小さく可愛らしい腹の音が聞こえた。音がした方を見て見ると、そこには顔を再び赤く染めて腹を両手で押さえるセラの姿が。

「栄養失調でぶっ倒れたっぽいしな。体調は回復したとはいえ、腹は空《す》いてるだろ。飯を用意してるから食べてけ」

「……？」

矢継ぎ早に告げられる言葉に疑問を抱いたのか、セラは自らの両手を見下ろし、驚愕に目を見開く。先ほどまで骨が浮き出て荒れていた手が、傷や汚れのない瑞々しいものに変わっているから驚いたのだろう。

治ったことを喜んでくれただろうか？　シヴァはそんな不安と期待が入り混じった感情を抱きながら、2階にある部屋から廊下に出てから5秒で1階にある台所に移動、料理を持って部屋に戻り、皿に載せられた料理をセラに差し出す。

近くの飲食店から買って帰ってきた、温かく湯気が立ち上るシチューと柔らかいパンだ。……しかし、セラはスプーンを手にしただけで食べようとはしない。

「どうした？　もしかして、シチューは嫌いだったりした？」

「………………」

首を左右に振る彼女の表情には遠慮があった。戸惑いがあった。疑惑があった。そして何よりも隠し切れない、恐怖があった。

そこでようやくシヴァは理解する。この平和になった時代に、ここまで痩せ衰えてしまうほど深刻な事情が彼女にはあるのだと。そしてそれは、他人からの施しを素直に受け取ることが出来なくなるほどのものなのだと。

シヴァも4000年前、自分に毒を盛ろうと画策する者とは掃いて捨てるほど相対した。だから今回ばかりは、セラがどうすれば安心できるのかがよく分かっていた。

「よく見てろ」

「……?」

シヴァはセラからスプーンを奪い取るや否や、シチューを口に含み、パンを齧《かじ》り取って飲み込むと、スプーンを再びセラの手の中に返した。

「毒なんて入ってないし、後から金も取らない。嘘も言ってないし、気まぐれも起こさない。俺も昔よく毒を盛られたり、騙されたりしたしな……自分がされて嫌だったことを会ったばかりの奴にするほどゲスの自覚はないから安心しろ」

ただの口先だけではない。そんな重みを言葉から感じたのか、セラは恐る恐る料理を口にし始める。そのことにホッと安堵するのも束の間……今度は食べながらボロボロと涙を零し始めたのだ。

「うぇえぇっ!? ど、どうしたの!? もしかして、泣くほど不味《まず》かったとか!?」

「……っ!!」

セラは必死に首を横に振る。そしてまた泣きながら食べ始める。シヴァはどうすることもできずにただ見守っていると、セラは皿をすぐに空にした。

その後もしばらく泣き続けたセラだが、ようやく落ち着いた頃を見計らって、シヴァは思い切って提案する。

「なぁ、もしお前が行くところがないんだったら、このままこの館に住むか?」

「……? ……っっ!?」

初めは何を言われたのか分からず首を傾げたセラだが、やがて意味を理解したのか、首から上を真っ赤に染めながら両手と首を左右に振る。

「いや、せっかく助けたのに、もし野垂れ死にでもされたら寝覚めが悪すぎるし。ただ居座るのが気が引けるなら、家事の手伝いしてくれるとこっちも助かるんだけど。調子に乗ってデカい家買ったから管理もまともにできなくて……ていうか、すでに野垂れ死にかけたような奴をこのまま放り出す気にはなれないぞ、俺は」

「………っっ‼」

それでも遠慮が強いのか、いまだに首をぶんぶんと左右に振るセラを見て、シヴァは再び紙とペンを差し出した。

「それとも、提案に乗れない理由でもあるのか？」

「………」

セラは一旦紙とペンを受け取ったものの、書くことが思いつかないのか、ペン先を紙につけることもせずに空中で遊ばせている。

「無いんなら、少なくとも今日は泊まってけ。もう夜も遅いし」

「……っ」

返答に詰まっていたセラだったが、不意に紙に文字を綴《つづ》り始める。

【そこまでしてくれる。なぜですか？】

「なぜって言われてもな」

　セラに一目惚れしたから……なんて、会って1日も経っていない状態で言えるわけがない。そこまで神経が図太くないシヴァは、とりあえず当たり障りのない本当のことを口にした。

「セラって賢者学校の学生だろ？　落ちてた鞄の中見えちゃったんだけど、中に教科書が入ってたし」

　ぎっしりと教科書やノートが詰まった、ボロボロの肩掛け鞄を指さす。そもそも彼女が着ている服も汚れを取ってみれば、事前に下調べした紺色を基調とした賢者学校の制服だ。

「俺も今度賢者学校の編入試験受けるんだよ。合格出来ればそのまま高等部の1年になれると思う。そうなれば同じ学校のよしみじゃん」

「…………」

「まぁそんなわけで、遠慮がしたかったら心配されない身なりになるんだな。今日はそのままそのベッド使えよ。俺も寝るから、お休み」

　そのままセラの返事を聞かず、有無を言わさずに部屋を後にするシヴァ。しばらく廊下を歩いて曲がり角を曲がると、彼は両手で顔を覆いながらしゃがみ込んだ。

「うぉおおおお…………！　やっちまったよぉお……！　今日一目惚れした女の子をいきなり泊めちゃったよぉおお……！　でもでも、流石にあんなんになるような奴を放り出せないし……はっ!?　これはもしや、同棲!?　ていうかさっき同じスプーンを使って間接……ふぉおおおおおおおおおっ！」
《滅びの賢者》の悶々《もんもん》とした叫びが、彼女がいる部屋に届かない程度に木霊《こだま》した。

# 7

　やや強引に初対面の相手の家に泊まることとなったセラは、ベッドの上で今日起きた珍事を思い返す。

（……初めは、恐ろしい人だと思いました）

　そう、とんでもなく恐ろしい人。いきなり現れたかと思えば暗殺者に道を聞いた挙句に怒らせて、反撃に焼き殺したのだ。初めて目にする凄惨《せいさん》な人の死と、それを顔色一つ変えずにやってのけたシヴァへの恐怖のあまりに気絶してしまったくらいである。

　しかも、目覚めたらそんな恐ろしい男が目の前にいた時には、心臓が止まるかと思った。

　だが、ただ恐ろしい男ではなかったということも、この時に理解出来たのだ。

（ここまで人に良くしてもらえたのは、何年振りだろう……？）

　生母が死んだ時以来、初めて受けた施し。介抱してくれたシヴァの善意を疑っていたが、何の裏もないことを行動で示してくれた後、10年以上振りの温かな食事を口にした時、セラは人前にも拘らず、枯れたと思っていた涙を溢《こぼ》してしまった。

　ずっと冷たい生ゴミのような残飯だけを口にしていたから、余計に温かさが心身に沁《し》みたのだ。

　その上、ボロボロに痩せ細っていた体を癒し、家にまで泊めてくれて、地獄のような実家から逃げることができた。

（こんなに優しくされたのに……何で涙が出るんだろう……っ）

セラはこの時初めて知った。悲しみや痛みだけではなく、人は本当に心から安堵した時に涙が流れ出るものなのだと。

ずっとこの場所にいたいと願ってしまった。未《ま》だどのような人物かは分からないが、少なくとも家族や学校の者たちよりもずっと優しいであろう、シヴァの家に。

（でも……それはできない。迷惑かけちゃう前に、近いうちに出ていかないと……）

良くしてくれたからこそ、そうせざるを得ない。自分がこうして安寧の場所を手にしたとなれば、あの冷血な父や残忍な義姉や継母がどんな手を使ってくるのかが分かってしまうから。

それにシヴァはこれから賢者学校に入学しようとしている。もしこのまま無事に合格できれば、彼もセラの現状を知るだろう。

学校側は積極的にいじめを黙認し、それに乗じて大勢の生徒たちも娯楽同然に加担している。そんな状況でセラを庇《かば》えば、シヴァがどのような目に遭うのかくらいは理解できる。彼もセラと同じような末路を辿り、灰色の学校生活を送る羽目になるであろうことは。ましてや同じ家に住んでいるなんてことが知られればどうなるか、想像もできない。

（でも、本当はそれ以上に……あの人まで他の人と同じになるのが怖い……っ）

浅ましいことだと分かっているのだが、シヴァもセラと同じ境遇になるのだったら、まだ彼女は救われるだろう。何せ仲間ができるのだから。同じ苦しみを分かち合える仲間が。

しかし本当に辛いのは、こうして助けてくれたシヴァまでもが、周囲に合わせて自分を虐げることだ。そんな上げて落とされるようなことをされるくらいなら、ぬるま湯に慣れる前に出ていった方がずっと良い。

…………それが分かっていても、扉を開けて外に出るどころか、久しく忘れていたベッドの温もりから抜け出すことのできない自分の未練がましい心の弱さが、何よりも憎たらしかった。

# 8

シヴァがこの館を買った時の話をしよう。

館の前の持ち主は妻を迎えたばかりのさる有力貴族で、ここは別荘だった。その貴族は、メイドに庶民に娼婦《しょうふ》にと、色んな女を別荘に連れ込んでは手を出し、痴情のもつれの末に女たちから全身滅多刺しにされた。まさに下半身のような男であった。

そんな最期を迎えた男の魂が悪霊となって館に居座り続けたのだ。立派な館だったので不動産業者も取り壊さずに次の住民に勧めてみれば、数日もしない内に住民が変死。気味が悪いので取り壊そうとすれば、解体業者が事故死。お祓《はら》いをしようと雇った聖職者までも撃退。

いつの間にか強力な悪霊となっていた男は館ごと封じ込められ、不動産業界でも前代未聞のいわく付きな格安不良物件として認知されることとなった。

そんな格安物件に目を付けたのが、シヴァである。格安と聞いて気に入ったシヴァは、不動産業者の制止も聞かずに下見に直行。門を開けば、案の定怒り狂った悪霊が現れた。

——出テイケ……！　出テ……

——邪魔だ、どけ！

——ギャアアアアアアアアアッ………!?

――凄い！　本当に立派な家じゃないか！　今日からここは俺の家だ！

まるで塵でも掃《はら》うかのような腕の一振りで悪霊を消滅させたシヴァに愕然とした不動産業者から土地と館を買い取り、住み始めて1ヵ月。埃こそ積もっていたものの、物が無く、広々としていた館は今、足の踏み場も無いゴミ屋敷と化していた。


「………」


「なんかゴメン……俺ってば、まともに家事もやったことねぇの」

あまりの惨状に、セラも開いた口が塞がらない。昨夜家事の手伝いをしてくれると助かるとは言っていたが、まさかこれほどとは思っていなかったのだ。

衣服をしまう棚や食料を保存する冷蔵庫、掃除道具も揃えたものの、家事などしたことがないシヴァは非常に要領が悪かった、部屋をキレイにするどころか箒《ほうき》で壁に何ヵ所も穴を開けたり、雑巾を絞る時に何枚も絞り千切ったりして、余計にゴミを増やすばかり。

洗濯場も酷い状態で、床はずぶ濡れ、乾燥して白くなった洗剤が茶色い木製の壁一面に散っている。埃もちゃんと掃けずに床に積もっており、衣服や物もちゃんと仕舞えずに床に散乱していた。


「特にあの台所……料理でも作ろうかと頑張ったんだけどさ……」

とりわけ酷いのが台所だ。元は食材だったと思われる黒い炭がこびり付いた鍋やフライパンが幾つも山積みにされ、流し台には洗っていない食器類が押し込まれ、壁には謎の茶色い物体が飛沫《しぶき》のようにへばり付いている。しかも黒くてカサカサ動く影まで見られた。

元々、シヴァがまともな家に住んでいたのは7歳の時まで。それからは野宿が当たり前だったので家事が不馴れでも当然なのだが、これはあまりに酷すぎると彼自身も思う。実に嫌な新発見だ。セラを寝かせた寝室だけはなんとか使える状態にできたのが奇跡である。

……それでも、箒で壁に幾つもの穴を開ける羽目になったのだが。

「《浄炎《クリガ》》はあくまで体や服の汚れを取るものだからな……家に使ったことなんてないから、下手したら燃えるかもしれないし……。とりあえず、今から試験に行かなきゃだし、帰ってくるのも遅くなるだろうから、本格的な掃除は明日からになるんだけど、とりあえず今日は適当に過ごしておいてくれれば」

「……っ」

セラは首を左右に振ると、紙に文字を綴ってシヴァに見せた。

【シヴァさん。帰ってくるまでに。片付けます。昨日。お礼。します】

「いや、それは助かるんだけど……良いのか？　1人じゃめっちゃ大変だと思うけど」

「…………っ」

「そ、そこまで言ってくれるなら、お言葉に甘えて。本当に面倒かけて、悪いな？」

今度は首を縦に振るセラ。シヴァには正直、自分がいたところで手助けどころか邪魔になりそうだという自覚はあるので、厚意に甘えることにした。すると、セラは更に文字を書くと、シヴァの服の裾を軽く引っ張る。

【冷蔵庫。無事だった食材使う。大丈夫ですか？　差し出がましいかもしれない。夕ご飯作って、待ってます】

「………ふぁっ!?」

たどたどしい文章の意味を理解した時、シヴァは思わず変な叫び声を上げ、それに釣られてセラの肩がビクリと揺れる。

「料理が……作れるのか？」

【簡単なものなら】

「それって……つまり……」

好きな女の子の手料理。たとえ恩や義理といった類の動機であったとしても、手料理という事実だけは変わらない。まさか現代にタイムスリップしてリア充になると決めてから夢見続け、神々の秘宝以上の価値を持つと定義付けていた代物とこんなにも早く巡り合える機会が訪れるとは。

【でも。お口に合わないかもしれないから】

「いや！　大丈夫！　美味《おい》しく頂く自信があるから！　もし食材が足りなかったらこれを使ってくれ！」

必死になんでもない風に振る舞っているが、内心飛び上がりそうになるくらいウッキウキのシヴァ。臨時の軍資金が入った巾着袋をセラに手渡して、恥ずかしさと嬉しさから慌て気味に家から出ようとする。

セラはその後を追いかけてシヴァの前に躍り出ると、慌てて紙に文字を書き込み始めた。

【いってらっしゃいませ】

「……あぁ、いってきます」

セラの見送りを受けて、今度こそ館を後にするシヴァ。不意に彼の脳裏に、遊びに出かける自分を見送る母の姿が思い浮かんで口元がにやけてしまった。

――なんか、良いな。こういうの。

# 9

そうして訪れた試験会場、アムルヘイド賢者学校は実に立派な施設であった。

広大な学術都市の半分ほどが学校の敷地であり、内部には数多くの訓練施設……コロシアムを模した模擬戦場や魔法の試し撃ちのための施設、さらに魔法の研究施設がそれぞれ複数あり、広域戦を想定した野戦演習場なんてものまでもが第1から第5まである。

まさに学術都市を象徴するに相応しい学び舎だろう。それら全てが高い壁で囲まれた学校に正門から入ったシヴァは、案内役の教員や生徒に導かれて受験者控室へ辿り着いた。

(いきなり一目惚れした子と住むことになっちゃったけど、なんだかんだ言ってまだリア充かと言われればそうでもないような気がするんだよなぁ。俺とセラの関係って、いわば同居人だし)

ここから進展させていきたいとは考えているが、現段階では夢想していた甘酸っぱい関係には程遠い。しかし幸いにもセラは賢者学校の生徒。かつて盗賊が吐き捨てるように呟いていた学生の青春とやらを一緒に謳歌すれば、おのずと距離が縮まっていく……それが学校なのだと、シヴァは思っていた。

「おいおい、何で栄《は》えある賢者学校の編入試験に混血雑種どもが交じってやがるんだ？」

「ん？」

試験とは全く関係のないことに思考を割いていると、明らかにこちらを見下すような声が聞こえてきた。振り返ってみると、入り口辺りに短く切り揃えた銀髪の男が立っている。

「お、おい……あの炎を灯した剣のエンブレムってまさか」

「人間国ヒュレムノートの名門、ゼクシオ家の紋章じゃないか」

「ということは、あいつが最近噂になっていた、留学生にして例の候補の1人であるライルか？　傍若無人だが、とんでもない実力の持ち主だっていう」

どうやら有名人らしい。少し気になったシヴァはライルの魔力の量を測ってみるが……余りの少なさに憐みのため息が出た。せいぜい、以前勝手に死んだ（とシヴァは思い込んでいる）盗賊団と同じくらいだ。

「ん？　……ぷっ!?　ぎゃはははははははは!!　何だこいつは!?　4種族もの魔力が混じった汚ねぇ魔力してやがるぜ！　こいつはただの混血雑種じゃねぇ、人の形をした生ゴミだ！」

するとライルはシヴァに目を付けたのか、無遠慮に近づいてきたかと思えば指をさして腹を抱えながら哄笑《こうしょう》を上げた。そのことに周囲の大半は眉を顰《ひそ》め、残りはライルに同調するように嘲笑を零す。

シヴァはライルが自分の血筋を瞬時に悟ったことに驚きはしない。人間族、魔族、獣人族、亜人族とで魔力の質が異なり、混血となれば混じり合ったような魔力となる。

実際、シヴァは人間に近い容姿だが、4種族の混血だ。母が魔族と獣人のハーフ、父が人間と亜人のハーフ。4000年前も異種族同士の混血は忌み子と世間では扱われたが、シヴァが生まれ育った村は争いを疎んだ人々の集まりだったので、種族に関係なく暮らしていた。故にシヴァのような複雑な混血の者も珍しくはない。

今の時代、特に4ヵ国の真ん中に位置するアムルヘイド自治州は混血が多い。そのような地で混血を貶《おとし》めるような発言をするとは、よほどの馬鹿か権力者か。

（しかし、何でそのことでここまで馬鹿にされるんだろ？　ていうかそれ以前に、魔力の質の識別は出来るのに、量を測ることができないなんて、どんだけ未熟なんだコイツは）

有名になるほどの実力派だったのではないのか？　それなのに、魔力が低い上に魔術師として基本的な技術、相手の魔力を測ることすらできないなんて……と、ここまで考えて、シヴァはある結論に至った。

「あぁ、なるほど！　これが噂に聞く親の七光りというやつか！」

「……は？」

「大した実力もないくせに親の威光ばかりに縋《すが》って、金と権力に物を言わせて学校側を脅し、形だけの試験を受けて合格を掻っ攫《さら》う受験者泣かせの傍迷惑《はためいわく》な奴がいるって聞いたことがある！　これでも俺は青春を謳歌するために学校生活で起こり得るトラブルの予習を欠かさなかったから知ってるんだよ。そういう奴は、入学した後も他の奴に迷惑をかけるってこともな」

ライルは呆気に取られた表情で思考を停止させていた。それはもう、彼が散々蔑んでいた混血の受験者を含めた大勢に忍び笑いをされても反応出来ないほどに。

シヴァはそんなライルの肩にポンッと手を置いて、ありったけの慈悲を込めた憐憫の微笑と共に語りかけた。

「あのな、そうやって親の脛《すね》を齧って入学しても、その後に待っているのは……裏口入学っていうの？　そういうレッテル張られて同級生たちに冷たい目で見られる日常だけだと思うんだ。だからここは自分の実力でだなぁ……」

「…………っ！」

更に増す周囲からの嘲笑に、ライルは奥歯を強く噛みしめながら顔を怒りで真っ赤にし、シヴァの手を強《した》かに払いのけた。その様子に流石のシヴァも、ライルが怒っていると理解出来たらしい。全く恐れてはいないが。

「あれ？　何で怒ってるの？　俺はただの親切心で――――」

「貴様ぁ……！　この俺を人間の純血種にして、栄えあるゼクシオ家の麒麟児《きりんじ》であると知ってのことか……!?」

「いや、全く知らない。……今更だけど、誰なのお前？」

周囲から抑えきれないとばかりに笑いが噴出した。ライルは真っ赤な顔に青筋まで立てると、魔力の光が円と紋様、魔法文字を描き、ライルの手のひらの上に魔法陣が浮かび上がった。

大きさにして50センチほどだろうか……それが収縮されるようにして消えた瞬間、彼の手のひらの上に煌々《こうこう》と燃え盛る火球が発生する。

「……3秒くれてやる。今すぐ地べたに額を擦《こす》り付けて俺の足を舐めろ。さもなければ、俺の《紅蓮弾《ゴアロア》》が貴様の首から上を吹き飛ばすぞ」

「ゴ、《紅蓮弾《ゴアロア》》だと!?」

「ふん、薄汚い混血雑種風情でも知っているようだな。そう、小規模でありながら上級魔法並みの威力と殺傷力を誇る超高等魔法。それが俺の得意魔法だ。この魔法1つとってみても、俺と貴様との間にある隔絶した――――」

「そんなちっぽけな炎が《紅蓮弾《ゴアロア》》!? 無駄くそデカい上に、馬鹿みたいに雑な魔法陣晒してどんな魔法かと思ったら《紅蓮弾《ゴアロア》》!? ただでさえ魔力少ないのに、魔法陣まで雑なせいで威力も火力もまるで無いじゃないか！ なのに《紅蓮弾《ゴアロア》》と言い張る!? 冗談だろ!?」

「この雑種ごときがぁああああああああっ!!」

怒り心頭とばかりに火球をシヴァの顔面目掛けて発射しようとするライル。

「騒がしいぞ！ 何事だ!?」

「……ちっ！」

しかし、騒然となる受験者たちの悲鳴に駆け付けた教員の前では気が引けたのか、ライルはすぐさま炎を握り潰すと、憎々しげな視線をシヴァに向けた。

「このままで済むと思うな。後で覚えていろ」

それはもはや殺気すら込められた視線。大抵の者はそれだけで竦《すく》み上がりそうなものだが、当のシヴァは苛立たしそうに部屋から出ていくライルの背中を見送り、こんなことを考えていた。

(何であんなに顔を顰めてたんだろう？　……あ、もしかしてトイレなのかな？　前の時は違ったみたいだけど、今回は急いで部屋から出ていったし、間違いないとみた！)

今回もまた、シヴァは殺意を便意と勘違いする。

# 10

そしていよいよ試験本番の時間となった。

試験会場は模擬戦場。試験内容は受験者同士の1対1の試合であり、先に配られた受験番号が隣同士の者と戦うことになり、勝利することが出来れば合格という、実にシンプルな内容だ。

シヴァの受験番号は298番と最後の方らしく、数時間待たされてようやく模擬戦場に案内されると、円形の観客席の中心では既に1人の男が待ち構えていた。

「また会ったな」

攻撃的で見下すような笑みを浮かべるライルである。どうやら彼の受験番号は297番だったらしく、偶然にも因縁ある2人が相対することとなった……のではないらしい。

「今日のところは逃げられるとでも思ったかよ？　だが残念だったなぁ、俺の家は賢者学校にも深い繋がりがある。こうして試験の対戦相手を選ぶくらいわけがないんだよ」

「なるほど、良いところの坊ちゃんというわけか。ますます七光り説が濃厚になってきたな」

「……いつまでも舐めた口を……！　すぐにでも自分が井の中の蛙《かわず》だと思い知らせてやる」

ライルの怒気を真正面から受けても気にする素振りも見せず、シヴァは周囲を見回す。中央の2人をグルリと囲む観客席には、興味深そうにこちらを眺める者が数十人いた。

「どっち勝つと思う？」

「そりゃあライルだろ。何せ名門ゼクシオ家の天才だ。特にライルは破壊的な攻撃を得意とすると聞く……こりゃあ、相手はただじゃ済まないぜ」

「シヴァ・ブラフマンだったか？　聞いたこともないし、多分どっかの田舎から出てきたんだろう。相手があのライルじゃ、ご愁傷さまってやつだ」

どうやら観客はライルが勝利するものだと思っているらしいが、シヴァとしては甚《はなは》だ不本意だ。あんな魔力の弱い輩《やから》、負ける方が難しい。

憮然《ぶぜん》とした表情をシヴァが浮かべていると、上空に10メートルはあるであろう魔法陣が浮かび上がり、そこから音声が発せられた。

《これより、ライル・ゼクシオ受験生と、シヴァ・ブラフマン受験生の編入試験試合を行います。ルールは武器、魔道具の使用は禁止。格闘術及び、魔法のみで戦ってください。勝敗は戦闘不能、またはギブアップ宣言によって決着とさせて頂きます》

どうやら設定された状況を観測、認識すれば自動的に音声を発する類の魔法らしい。言わば、この実技試験の審判役があの魔法なのだろう。

《それでは編入試験試合……開始っ！》

「てい」

開始宣言とほぼ同時に、シヴァは有無を言わさずに模擬戦場を炎で埋め尽くし、ライルは反応することもできずに炭も残さず焼き尽くされた。

盗賊や暗殺者と相対した時、シヴァは相手のことを敵としてすら認識していなかったのでしてこなかったか、基本的に彼は先手を取ることを優先しているのだ。

「い、いやあああああああああっ!?」

「し、ししし死んだっ!?　なんだあの炎魔法は!?」

「だ、誰か教員を！　教員を呼んで来い！」

開始から1秒にも満たない瞬殺劇。騒然となる観客たちの視線を一身に浴びながら、シヴァは思わず狼狽《うろた》えながら辺りを見回す。大勢が一斉に騒ぎ立てているので何を言っているのかまでは聞き取れないが、何やら不穏な雰囲気であるということは理解出来た。

「え？　えぇ!?　や、やっちゃダメだった？」

今まで殺した盗賊や暗殺者のような悪党とは違い、ライルは気位がやたら高いとはいえ一般人だ。それを殺したとなっては確かに哀れだと思ったシヴァは、片手に炎を灯した。

「《生炎蘇鳥《フェニクス》》」

焔は不死鳥の形を成し、シヴァの手から離れて火柱へとその姿を変える。そして火柱が消えた時、そこには跡形もなく焼失して死亡したはずのライルが肉体を再構築され、蘇っていた。

「な、何だ!?　どうなってる!?　ライルは確かに死んだはずだ!!」

「い、生き返った!?　……ま、まままさか、蘇生魔法とでも言うのか!?」

「ば、馬鹿を言うな！　そんなもの、御伽噺《おとぎばなし》の中だけの魔法だ!!」

回復魔法、再生魔法の領域の極致の一つ、蘇生魔法に観客席がどよめく。

そんな周囲の反応を聞き逃し、しでかしたことを自覚していないシヴァはライルを見下ろす。

突然、あっけなく死んだと思いきやすぐ蘇えった彼は、未《いま》だに事態が呑み込めていないようだ。

「お、俺は一体……!?　…………そ、そうか！　幻覚魔法だな!?　俺が死ぬという幻覚を見せつけて、そのまま気絶させようとしたんだろう!?」

「え？」

どうやらあっさり殺されすぎたせいで、ライルの中ではそういうことになっているらしい。

「この俺様にこうもリアルな幻覚を見せつけるとは、どうやらお前は幻覚魔法が得意みたいだな？」

「いや、そんなもんを使った覚えはだな――」

「だが俺の精神力で破れる程度のもの。手口が分かればもはや通用しない!!」

雨の如《ご》き拳と蹴りの連打がシヴァに叩きこまれる。一撃一撃は確かに岩をも砕く威力を誇るはずの連続攻撃……しかし、シヴァは微動だにしないどころか、痛みで顔を歪《ゆが》めることすらしない。

失望でただただ無表情である。

（というか……何で自力で蘇らないんだ？　…………あ、蘇生系の魔法が苦手なのか！）

4000年前の強者たちと戦ってきたシヴァにとって、相手は殺しても復活するのが大前提になっていた。……つまり、相手が自力で蘇生できる者ばかりではないということを失念していたのだ。

これは早まった判断だったかもしれないとシヴァは若干後悔する。このまま試合終了の宣言がなされれば試験に合格できたというのにと。

(周りが大袈裟《おおげさ》に騒ぎ立てるから試験中に思わず蘇生させて決着がついてない状況になっちゃったよ。模擬戦闘試験ってことで医療班も待機してるみたいだし、死んだら死んだで、蘇生を任せればよかった)

医療担当なら間違いなく蘇生魔法が使えるだろう。肉体を消し飛ばしただけなので、問題なく蘇生できるはずだ……と、シヴァは盛大に勘違いをしていた。

彼らは蘇生できないことを前提にしていたからこそ、あんなにも大騒ぎしていたのだ。

「あのさ……とりあえずこれは言っておきたいんだけど、別に幻覚系の魔法を使ってるわけじゃ――――」

「何を負け惜しみを！　これでも喰らえ！　《裂閃火《ブレーズ》》!!」

バックステップで距離を取ったライルの目の前に展開された魔法陣から放たれる無数の熱線を、シヴァがまるで羽虫でも追い払うように片手で弾《はじ》いていると、ライルは苦々しく叫ぶ。

「くっ……！　また姑息な幻覚魔法で俺の視界を欺き、さも俺の魔法など効いていないかのように見せかけて動揺させようとしているな……！　もっと男らしく戦えないのか!?　これだから混血雑種は！」

「いや、手で弾いてるだけなんだけど」

「嘘をつくな！　それは一発一発が岩をも貫通する魔法だぞ！　まともに防御することなどできるはずがない!!」

だから避《よ》けもせずに防いでいるように見えるのは幻覚魔法に違いない……と、ライルは思い込んでいるようだ。

「幻覚であると認識している以上、俺にもはや幻覚魔法は通じない。どうやら虚像を見せる魔法を使っているようだな。誰にも気付かれずにここまで精密な幻を生み出すとは……貴様を過小評価していたことを認めざるを得ない」

「あの……だからさ」

「だが攻撃魔法はからっきしのようだな！　この俺を何度も侮辱した罰として、俺が真の魔法を見せてやる！」

話を聞いてくれないライルは手のひらを掲げると、遥か上空に数十メートルはあろう巨大な魔法陣を構築していく。それを見た観客たちが、一目散に逃げしはじめていた。

「な、何だ!?　この巨大な魔法陣は!?」

「あの魔法文字に紋章……！　ま、まさか……ゼクシオ家が古代から連綿と受け継いできたという、伝説の破壊魔法!?」

「に、逃げろ！　観客席もタダじゃ済まないぞ！」

ライルが勝利を確信したかのような笑みを浮かべる。それに対してシヴァはどこか呆れた表情を浮かべていた。

「一度これを発動すれば、もうこの模擬戦場内に逃げ場など無い!!!　これこそが、ゼクシオ家が4000年前の古代から受け継いだ、究極の破壊魔法だぶろばっ!?」

「「……………え？」」

魔法陣の中心から凄まじい光が発せられ、今にも魔法が発動しそうになった時、シヴァのアッパーがライルの全身を粉々にして天空の彼方《かなた》まで巻き上げた。

術者が死亡し、魔法陣も消滅。逃げようとしていた観客たちもしばし呆然としていた。自分たちではどうやっても対処できないから逃げようとしたところを、アッパーだけで全てを捻《ね》じ伏せたシヴァに視線を向ける。

「……え？　何この空気？　もしかして、邪魔しちゃダメだった？　いや、だってあんなにチンタラ魔法陣描いてるから殴っていいものかと………なんか、すんません」

それを白けた視線と勘違いしたシヴァは最後に謝りながら項垂《うなだ》れる。再び医療班がいるから殺しても大丈夫だと思っていたのだが、何やら自分が全面的に悪いみたいな空気で思わず《生炎蘇鳥《フェニクス》》を発動させ、ライルを再び蘇生させた。

「こ、この卑怯者め！　魔法を使おうとしている時に幻覚で邪魔をするなど、潔さの欠片《かけら》もない奴だな!? こんな卑怯な雑種は初めて見る!」

「……俺も、あんなにチンタラ魔法陣描いてる奴を初めて見たよ」

4000年前なら、既に1万回殺されても仕方がない。そうしないのは殴るのも可哀想になってくるくらい、シヴァから見たライルが脆弱だったからだ。

そもそも、攻撃魔法を使われると分かっていれば、それを妨害するのは常套《じょうとう》手段だ。それを卑怯だ何だと誹《そし》られ、シヴァは困惑の表情を浮かべるしかできない。

「分かった。今度は邪魔しないから撃ってみろよ、そのご自慢の破壊魔法とやらを」

「言わせておけば……! その身の程を弁《わきま》えない傲岸不遜《ごうがんふそん》な態度、万死に値するぞ!!」

気を取り直して、再び魔法陣を天空に構築するライル。

「受けろ、これが究極の破壊だ! 古代魔法、《衛星光砲《サテラレイ》》!!」

魔法陣から発射された光の柱は、その衝撃と暴風だけで場内のタイルを砕き、巻き上げ、観客席を蹂躙《じゅうりん》していく。模擬戦場に巨大な風穴を開けるほどの魔法の直撃を受けたシヴァの死を誰もが確信した。

実際、1対1の戦いの中で、相手がなんらかの回避方法に秀でている時、避けようのない広範囲攻撃を仕掛けるのは実に合理的だ。シヴァでも同じことをする……が。

「な、何だとぉ……!? なぜ《衛星光砲《サテラレイ》》の直撃を受けても死なない……!? というか、なぜ破滅の光をシャワー代わりにしているんだ!?」

今なお降り注ぐ、破壊的な光を頭頂部に受けても平然としているシヴァに驚愕を隠せないライル。それどころか、その攻撃をまるでシャワーか何かのようにして頭を洗っているのだから、観客たちも開いた口が塞がらないというものだ。

「んー、鼻の横側ってすぐに脂が溜まっちゃうんだよなぁ」

「馬鹿なぁぁああっ⁉　今度は顔面で受け止め始めただとぉっ⁉」

古《いにしえ》の破壊魔法で顔を洗い始めるシヴァに、ライルも観客たちも卒倒寸前である。やがて光の柱が勢いを失い、消滅すると、髪1本たりとも失っていないシヴァが、とんでもないことを口にした。

「それで？　ご自慢の破壊魔法とやらは、何時《いつ》見せてくれるんだ？」

「……え？　……は？　い、いや……今のがそうなんだが……」

「ん？　いやいやいや、今のは雑魚掃除用の魔法だろ？　ある程度強い奴の間では、届き難《にく》い背中の垢を取ってくれる高圧洗浄魔法で有名な、《衛星光砲《サテライレイ》》だろ？」

(((そんなわけがあるか)))

観客の心が一致した瞬間である。秘伝の破壊魔法を言外に貶《けな》されたライルに至っては口から白い何かが抜けかけているが、持ち前の気位の高さでなんとか気を取り直した。

「ふ、ふん！　幻覚魔法一辺倒かと思ったが、どうやら防御力も並外れているらしいな！　これでは中々決着もつくまい」

「……あのさ、上を見てみ？」

「ん？　一体何がある……と……」

その時、アッパーによって大気圏外間近まで巻き上げられた肉片が降り注ぎ、その中でかろうじて原形が残っているライルの頭部をシヴァがキャッチして見せつけると、蘇生魔法で新たに肉体を得たライルは絶句する。

「お前もう2回死んでるんだけど」

「な、何をバカな……俺はこうして生きて……！」

「死ぬ度に蘇らせたからな」

先ほどまでのライルなら戯言《たわごと》と一蹴していただろう。しかし、絶対的な自信のある破壊魔法を素受けしても無傷のシヴァが言えば、異様なまでの説得力が宿り、これまで2度に亘《わた》って感じていた、全身を失う激痛が本物であったという事実を理解しそうになった。

「それにしてもあの魔法陣《審判》、欠陥品じゃないのか？　2回殺してるのに、うんともすんとも言わない」

相手を戦闘不能にするという条件は満たしているはずだが、一向に反応がない。そこで魔法陣をよく見てみると、案の定欠陥を見つけた。

「あー……やっぱりだ。あれは死亡が戦闘不能判定のうちに入っていない。受験者が死なないことが大前提で、気絶か魔力切れ、一定時間地べたに倒れることが戦闘不能扱いになってる。これじゃあ、お前を何回殺しても終わらないな」

「ひっ……!?」

シヴァはライルをジッと見据えると、ゆっくり歩み寄っていく。その何気ない姿に、ライルは格下と見下していた相手に生まれて初めて恐怖を感じた。

「く、来るなぁっ!! 《紅蓮弾《ゴアロア》》ァ!!」

球形に凝縮された火炎が顔面に着弾すると共に爆発し、凄まじい衝撃と熱波を撒き散らす……が、シヴァの歩みは止まらない。

「おいおい止めろよ、服が焦げちゃうだろ?」

「う、うわあああああああああああああっ!!」

狂ったように火炎の球を連射するライルだが、それら全てを服に当たらないように手で払いのけるシヴァの前には無意味。傷どころか、僅かな痛痒《つうよう》すら与えていない。

そして互いの腕が届く距離まで近づき、シヴァが体重を乗せずに軽く拳を放つと、ライルの全身が木端微塵に砕け散る。

「あれ? 気絶させようと思ってかなり軽く殴ったんだけどな……加減が足りなかったかな?」

シヴァは《生炎蘇鳥《フェニクス》》でライルを蘇生させると、ライルは自分が自身の血肉の海の上で意識を取り戻したと認識し、ガチガチと歯を鳴らしながら真っ青な泣き顔でシヴァを見上げる。

「悪いな、気絶させようと思ったんだけど、お前の体がプリン並みに脆《もろ》い……もとい、力強く殴り過ぎたみたいだ。次は上手く気絶させるから」

「ひ、ひぃぃいいいいがべっ!?」

踵《きびす》を返して逃げるライルの首裏に手刀を当てると、まるで鋭利なギロチンを落とされたように、ライルの首が地面に落ちて死亡する。そしてすかさず蘇生するシヴァ。

「おかしいなぁ……前にこうやって気絶させてる奴を見たことあるんだけど……これならいけるかな？」

「も、もう止めてくれべげぇっ!?」

シヴァが一見すると腰が入っていない上に体重も乗っていない、速度を伴わないヘロヘロパンチをライルに軽く当てた瞬間、ライルの全身は爆散。観客席にまで血肉が飛び散り、幾人かが蹲《うずくま》りながら嘔吐《おうと》している中、シヴァは再びライルを蘇生。

「直接当てるから死ぬのか!?　だったらこれでどうだ!?」

「ぶべ!?」

今度は直接当てず、腕を薙《な》ぎ払うように空振りさせるが、凄まじい衝撃波と風圧で全身がバラバラになるライル。

「何でだぁー!?」

シヴァはライルを蘇生させると、半ば逆ギレするかのように詰め寄る。

「おかしいだろ、今ので死ぬなんて!?　お前の体は一体何でできてるんだ!?　このプリン野郎!!」

「う、うわ……あ、あぁ……！」

「仕方ない、もう一回だ。俺も学校に通いたいから――」

「ひ、ひぃいいえええええあああああああああああああっ!!」

「あ!?　おい！」

どうやら完全に闘志が折られたらしい。今度は殺される前に、涙と鼻水を流しながら一目散に逃げるライル。

そのまま壁際まで行くと、自ら壁に頭を減《め》り込むくらいに強かに打ち付けて気絶した。

《ライル・ゼクシオ、戦闘不能。合格者、シヴァ・ブラフマンは、このまま受験者控室へ戻ってください》

「……えぇええ……」

こうして、シヴァの賢者学校合格が決定した。

# 11

「ただいまー」

【おかえりなさい。シヴァさん】

試験と説明会、諸々《もろもろ》の手続きが終わり、夕方になって館に戻ると、庭に居たセラに出迎えられる。あらかじめ文字を紙に書いていたのか、セラはもう1枚の紙を見せてきた。

【試験。大丈夫でした？】

「あぁ、なんか合格した」

シヴァから見れば、今回も大したことはしてないのに相手が勝手に気絶しただけなので、嬉しさと戸惑いが一緒になった複雑な気持ちだが。

「…………」

「……？」

それを告げると、セラはどこか浮かない表情を浮かべた気がした。一体どうしたことだろうと思っていると、シヴァの鼻に良い匂いが入り込んでくる。

「なんか美味そうな匂い……もしかして？」

【夕ご飯。できてます】

「おぉ……！」

ついに、この時が来た。シヴァは心の褌《ふんどし》を締め直し、館の玄関から中に入ると、そこには朝とはうって変わって綺麗に片づけられた廊下が広がっていた。

「あ、朝にはあんな散らかってたのに……埃も舞ってないし、もしかして全部お前が？」

「……っ」

コクコクと、セラは頷く。まったく埃が見当たらない廊下を踏みしめながら食堂に向かうと、焦げた鍋も、割れて隅に集められた食器類も、爆発飛散した料理で汚れた壁や床も綺麗にされ、更には黒くて動く奴も見当たらない。

【まだ終わってない。普段よく使うところだけ。綺麗になりました】

「マジでか!?」

【いつもより体。元気でした】

自分でやらかしておいてなんだが、一日やそこらで終わるような仕事でもないと思っていたのでシヴァとしては驚きを隠せない。《生炎回帰《グリアド》》の影響もあったのかもしれないが、セラはどうやら家事が得意のようだ。

（良い……実に、良い……！）

そんな彼女に、シヴァは惚れ直してしまう。現代にタイムスリップし、呪いが解けた後は頻繁に理想の彼女の姿を妄想していたのだが、その中の要素の1つに家事が得意という古典的なものが含まれていた。

外見的なものだけではなく、内面まで好みの片鱗《へんりん》を見せ始めるセラ。シヴァは思わずニヤニヤした顔を浮かべ、それを両手で隠した。

「……？　………」

一瞬、シヴァを訝《いぶか》しげに見ていたセラだったが、とりあえず料理を温めることにしたのか、低い背丈を補うための台の上に乗って、鍋の中のスープを掻き混ぜる。

エプロンを着て長い髪を結んだその後ろ姿を、シヴァは椅子に座って眺めながら悦に入っていた。

（これが話に聞いた幼な妻…厳密には違うけど………良い）

ますますセラと良い関係になりたくなってきた。そんなことを考えている内に料理が盛りつけられ、シヴァの前まで運ばれてくる。

温野菜を添えた鶏肉のソテーにポタージュスープ。パンにサラダとバランスの良い夕食だ。好きな女の手料理を前にもはや感動すら覚えるシヴァの期待のボルテージがいやが上にも上がっていく。

「ん？　あれ？」

しかし、ここで気付く。そういえば、椅子が1つしかないと。

そんな疑問を抱いたのも束の間。セラは自分の分の食事をよそうこともせず、食堂の隅の方まで移動し、床に座ったのだ。

「おい、お前の椅子は？　というか、お前の分の夕飯は？」

「…………っ!!」

ブンブンブンと、首を左右に振るセラ。周りを見回してみれば、朝に渡した巾着袋がそのまま棚の上に置かれていた。

中身が減っていないようなので、また遠慮をしたらしい。自分が座る椅子はおろか、自分が食べる食料も買いに行かなかったのだろう。そのことをなんとなく察したシヴァは、ため息を溢して料理が盛りつけられた器を持ち上げて移動する。

「お前に1つ教えておいてやるとだな……実は俺、こうして誰かと一緒に飯を食うのが夢だったんだよ」

「……っ!?」

そしてセラの前に置いて、自らも床に座る。館の主を床に座らせてしまったセラはオロオロと狼狽えているが、基本的に地べたに座って、たった1人で食事してばかりだったシヴァは気にする様子もない。

「良いんだよ。俺がこうしたいからしているだけなんだから。俺の分、分けて食おう」

「……～っ」

何かを伝えようとしても、それを紙に書く前に行動に移されてしまい、ただ狼狽えることしかできないセラ。その姿を見たシヴァは思案気に顎に指を添える。

「それにしても、喋れないって大変だな。会話が進まないのなんの」

「っ!?」

「いや、怒ってるわけじゃないけど。やっぱりもっと円滑なコミュニケーションがしたいなぁって」

「…………」

怯えたように肩を跳ね上げたので慌てて弁明すると、今度はしょんぼりと項垂れてしまった。どうやら喋れないことは本人なりに気にしているらしい。その姿を見て、どうにかしたいと考えたシヴァはセラに提案する。

「よし、とりあえず明日、服とか椅子とか必要な物、纏めて買いに行くか。全然足りてないしな」

キョトンとして、首を傾げるセラ。その視線は廊下の隅……畳まれて洗濯籠に詰められたシヴァの服に向いていた。

「俺のじゃなくて、お前の服とか日用品だよ、お前の」

「っ!?」

「よーし、決まり！　それじゃあ、明日の昼頃に出発な」

「っ!?　っ!?!?」

心底驚いたような表情を浮かべるセラ。そんな彼女は紙に文字を書いて何かを伝えようとしたが、それを書き終わる前にシヴァは話を纏めてさっさと切り上げてしまう。

短い付き合いながら、セラが殆どの厚意に対して遠慮する性格だというのは大体分かった。しかしそれでも一緒に暮らす以上、彼女の日用品は必要不可欠だ。本人が気を揉《も》んだとしても、ここは強引に話を進めるのが正解だろう。

「それじゃあ改めて、頂きます」

「………………」

改めて食事を口にしようとすれば、セラも諦めたかのように手を力なく下げる。

シヴァはフォークで鶏肉を突き刺し、口に含み、ゆっくりと味わってから呑み込むと、ニカッと心からの笑みを浮かべた。

「美味いよ。今まで食った物の中で一番美味い」

心からの賛辞を贈る。最初は驚いていたセラだったが、この時、初めてシヴァの前で笑みを浮かべた。

それは小さくてぎこちなく、恥ずかしさが入り混じったかのような、そんな微笑《ほほえ》みだった。

# 12

翌日、目的の品を求めてシヴァとセラが辿り着いたのは、一軒の魔道具屋だった。

「いらっしゃいませー」

「すみません、喋れない奴が意思疎通するのに役立ちそうな魔道具ってあります？」

ソワソワと落ち着かない様子で店内をキョロキョロと見回すセラの背中を押し、店員の前に連れていきながら用件を告げる。

まず必要だと感じたのは意思疎通の魔道具だ。紙に書いていてはどうしても会話のテンポが遅れるため、簡単に意思を伝えることができる魔道具がないかと訪れたのだ。

初めは手作りのものをプレゼントしようと思ったのだが、基本的にシヴァは壊すのが得意であって作るのは得意ではない。そしてこの店も大した力のある魔道具は売っていないが、意思疎通という簡単なことができる魔道具くらいはあるだろうと思ってのことだ。

「そうですねー……これなんてどうでしょう？　イヤリング型の魔道具で、付けてるだけで相手に装着者の思考を送ることができる優れものです！　他にも遠隔通信に会話記録と、機能が充実！　お値段たったの５万９８００ゴルです！」

「ふむ」

100ゴルあれば、安い食パン1斤は買える。それを基準にして値段と性能が釣り合っているかどうか……それを決めるのは他でもないセラだ。

「どうだ？　金なら有り余ってるし、これにする？」

「〜〜〜っ！」

しかし値段を聞いたセラは顔を青くして、何度も首を横に振る。

見るからに高価な買い物を遠慮している……それどころか、どこか恐れているようだ。

……………まるで、自分にそんな物を買ってもらう資格などないと言っているかのように。

「これじゃあ不満か……じゃあもっと良いのを持ってきてくれ。金ならある」

「っ!?」

「では、これはいかがでしょう？　モノクル型の魔道具で念話魔法だけではなく、先ほどの魔道具の機能に加えて計算から翻訳、距離測定から地図機能まで付いた優れものです！　お値段は7万5600ゴルです！」

「っ!?!?」

「いいね。他には？」

「では、こちら。お値段は10万4500ゴルと少々張りますが……」

しかし、それはきちんと伝えなければ意味がない。シヴァと店員の会話に顔を青くしたセラは、急いで紙に文字を書いてシヴァに見せつける。

【お金。勿体ない。私なんかに】

「いや、言っておくけど、買うのは決定事項だぞ？　お前が選ばないって言うんなら、俺は一番高いのを買ってお前に押し付けるけど……どうする？」

「…………っ」

退路を断たれた。そのことを悟ったセラは自らの意思を紙に綴って、おずおずと見せてきた。

【一番。安い物。良いです】

「よし、じゃあ悪いんだけど、一番安いのを見せてください」

「……では、こちらはどうでしょう？」

店員が持ってきたのは1枚のホワイトボード型の魔道具だ。

「これは持っているだけで頭の中に思い浮かべたものを忠実に映し出すことができる魔道具です。それは文字でも映像でも可能で、機能は少ないですけど反映速度は折り紙付きですよ。お値段は2万3000ゴルです」

「ふむ……セラ、持ってみてくれ」

試しにセラに手渡すと、彼女はゲッソリとした表情で受け取った。

【高くて申し訳ないです。私は紙とペンがあれば大丈夫ですから……】

「そうは言っても、紙もインクもタダじゃないからな。積み重ねたら2万ちょいなんて、あっという間に超えるぞ？」

「…………」

止めを刺すと流石のセラも観念したらしい。シヴァは魔道具を購入し、そのままセラに持たせると、２人で店を後にし、次の店へと向かう。

その店は魔道具屋から少しばかり離れた場所にある服屋だ。ボロボロの制服しか持ち合わせていないセラには寝間着に私服にと、衣服が何から何まで必要なのだ。

「よし、セラ。好きな服を選んで来いよ」

【この制服、毎日洗えば良いだけですから、買わなくても大丈夫です】

「お前それ、洗濯中はどうするんだよ」

【…………掃除してる時、倉庫で前の住人が忘れていった古いカーテンを見つけたんです。それに包《くる》まって……】

ホワイトボードにそんな文を浮かべるセラ。ここまではまぁ予想通りだ。なんとなくこんなこと言ってくるだろうと分かっていたシヴァは、子猫でも摑み上げるかのように片腕でセラを持ち上げ、女性店員たちを呼び寄せた。

「すみませーん。金に糸目は一切付けないんで、この子に似合いそうな服を一通り揃えてもらってもいいですか？」

「っ⁉」

「はーい、承りましたー！　それじゃあ、こちらの試着室へどうぞ」

3人がかりで試着室まで拉致され、必死にこちらに手を伸ばしてくるセラを、シヴァは笑顔で見送った。さっきの魔道具屋で察しがついたが、こうでもしないとセラは日用品すらまともに買おうとしないような気がする。

「遠慮はいりません。とびっきり可愛くコーディネートしてやってください」

「正直何でこんなボロボロの服着てるのかとか、お2人の関係とか想像したら衛兵呼ばなきゃって思いましたけど、お任せください！　お客様は神様ですから！」

「それに女の勘が騒いでるんですよ。……この子、絶対磨けば光る子だって」

声にならない悲鳴を上げながら試着室の中へと消えていったセラ。それからすぐに姦《かしま》しい声が響き渡る。

『小《ち》っちゃくて肌も白ーい。これなら可愛い系の服を大抵着こなせそうだけど、もしかしてこの前髪を上げたら……』

『きゃー！　この子可愛いー！　髪もこんなに長くて艶々……どうして前髪切らないの!?』

『目も大きくて綺麗なのに、隠してたら勿体ないわよ。私の知り合いに美容師がいるから、頼んで来てもらおうかしら？』

音や気配から察するにセラも抵抗しているらしいが、無駄に終わっているようだ。

「お待たせしましたー！　どうです、こちら！」

「っ!?　〜〜〜〜っ!!」

「…………っ！」

しばらくして試着室から出てきたセラを見て、シヴァの思考回路は遥か彼方へと飛ばされ、セラの全身を舐めまわすように眺めるしか出来なかった。

前髪をヘアピンでのけられ、その端麗な顔立ちを露にしたセラは、さながら貴族の令嬢が着るようなフリルの付いたドレスを身に纏っていたのだ。他の女が似たような服を着ているのを見ても「動きづらそうだな」くらいにしか思ってこなかったのに、セラが着ればただただ釘付けになるのは、恋に曇った目によるものだけではない。

事実として、今の彼女は周囲の客の視線を一身に集め、恥ずかしそうに顔を染めながら身を捩《よじ》っている。その仕草が余計に魅力を増幅させ、シヴァは気が付けば口を開いていた。

「買いましょう」

「っ!?　っ!!」

顔を手のひらで隠し悶《もだ》えながら、それでいて一切の迷いのないシヴァの台詞《せりふ》にセラは顔を左右にブンブンと振りながらホワイトボードを持ちあげる。

【こんな立派な服、私には勿体ないし、買っても怖くて袖を通せないです……！】

「「「えー」」」

不貞腐《ふてくさ》れるようにシヴァと店員3人は口を尖《とが》らせる。しかし日常で着るような服ではないことは確かだ。今回は普段着や寝間着を買いに来たのだから、この手の服を買うのはまた別の機会にしようと心に決めて、シヴァは再びセラを試着室へ送り出す。

そこからは着せ替え人形と化したセラの苦難の時間が始まることとなった。

「じゃーん！　どうですか、これ！　家事用衣装に白と黒の伝統のメイド服！」

「買いましょう」

なぜか用意されてある、子供並みの体格しかないセラにぴったりのサイズのメイド服を即決で購入しようとしたり。

「南方の伝統衣装などはいかがでしょう？　これはその地域に伝わる踊り子の服なんですが」

「頂きましょう」

腰回りや腕を全て露出した、大胆な踊り子の衣装を購入しようとしたり。

「はるか東の国、ヤマト国やシン国の伝統衣装もありますよ！　着物やチャイナドレスと呼ばれています！」

「何でそんなのまであるのか気になるけど、全て購入しましょう」

最初のドレス同様、異国情緒溢れるが華美過ぎて日常的ではない服や、体のラインがやたら浮き出る上に下着が見えそうなくらいにスリットが入っている服を着せられ、セラは何度も何度も首を横に振り続けて拒否を示す。

とっかえひっかえ服を着せ替えられては無駄にある財産を散財しようとするシヴァを必死で押し留めるセラ。その度に店員もシヴァもブーブーと文句を言っていた。

その後、再び試着室に連れ戻されたセラが脱いでは着替えて披露してを幾度か繰り返した後、試着室の向こう側からこんな声が聞こえてきた。

『えー、ちょっと。これは犯罪的じゃない？　悪ノリして着せちゃったけど、表に出れば違反よ、治安違反よ』

必然、シヴァの視線は試着室に釘付けにされる。

「どんな服を着せてるんですか？　俺にも見せてもらえませんかね？」

『あー、聞こえてたんですか？　ダメダメ。この子すっごい恥ずかしがってるし、残念ですけど諦めてください』

舌打ちと共にバチィッ！　と口から盛大に火花が散る。気になる。凄く気になる。セラが凄く恥ずかしくなる服というのがどういうものなのか、とても気になる。

もちろん、頭の中では葛藤があった。嫌がる相手の姿を無理矢理覗《のぞ》くのは本意ではない。……のだが、シヴァは着替えが始まるよりも先んじて魔法を発動した。

「《透壁可眼《クリアランス》》」

壁1枚分透けて見えるようにする簡単な透視の魔法だ。扉を開かずにシヴァの視界のみで露になった試着室では、下着と見紛《みまが》う黒ビキニに黒革ベルトを組み合わせた露出過多なボンデージ姿の、羞恥で涙目になったセラが居た。頭には髪色に合わせた猫耳カチューシャに小さな尻辺りには尻尾、首には鈴付きの首輪まで装着している。

『いやぁ、この幼い外見に、この恰好はギャップを狙い過ぎたわ。表に出れば衛兵が飛んでくるわね』

『その道の変態とかは大喜びしそうだけど。……あー、泣かないで泣かないで。ゴメンね、悪ふざけが過ぎたわ』

シヴァは瞬時に店から出て、真上に向かって跳躍。成層圏を突き破り、宇宙空間まで飛び出した彼は5キロにわたって灼熱を放出した。

地上で放てば大地から大地へと燃え移り、やがて一都市すらも焼け野原にする業火が闇の宙《そら》を照らし、小さな日輪と化す。この日、学術都市の人々は太陽が2つ昇っているという怪奇現象を目撃したという。

後に天文学の常識を揺るがすと学者たちを大いに騒がせることとなる、その道の変態の気があった《滅びの賢者《覗き魔》》の性的興奮である。

# 13

結局、シンプルな服を数着購入したセラが疲労困憊《ひろうこんぱい》といった様子で店から出た時には、既に日が傾き始めていた。

【……ごめんなさい。ご迷惑をおかけして】

「気にするな……と言っても、お前は気にするんだろうなぁ。ていうか、いつもの片言文字じゃないし、速くていいな、その魔道具」

冗談めかして言ってみたものの、セラの表情は優れない。自分の身の丈に合っていない物を大量に買ってもらって、後ろめたさでいっぱいなのが、表情を見ただけでも理解出来る。

少々強引すぎたか。少し反省したシヴァは頭の後ろを掻く。

「じゃあさ……また俺と一緒に飯食ってくれねぇか？」

「……？」

セラは首を傾げる。

【そんなことでいいのですか？】

「あぁ。俺はそれがいい。…………1人で食う飯は、もう飽きちまった」

団欒《だんらん》も何もない、たった1人で10年間以上もの間、世界全てと戦い続け、生きてきた《滅びの賢者》と恐れられた少年の一言。

どこか困ったような笑みを浮かべるシヴァをジッと見つめると、セラは恐る恐るホワイトボードを向けた。

【では、食材を調達しても良いですか？　昼食や夕食を作ろうにも、冷蔵庫にはもう食材がありませんから】

「あぁ、それは良いな！　セラの料理は本当に美味かったから、今から楽しみだ！」

賑やかな街の雑踏を、シヴァとセラは進む。歩幅に大きな差があるために小走りで付いて行こうとするセラにようやく気付いたシヴァは一気に歩みの速度を落とした。

「……っ！」

「おっと。ごめんよ、お嬢ちゃん」

働きに出ていた大人たちも帰宅し始めたのだろう。街道は日中よりも人通りが多くなり始め、セラは向かい側からくる通行人にぶつかり、転びそうになったところをシヴァが咄嗟《とっさ》に彼女の小さな手を握る。

「大丈夫か？　人も多くなってきたし、摑まっとけ」

「…………」

片手で購入した服が入っている紙袋を、もう片方の手でセラの手を引くシヴァの顔は、幸いにもセラの位置から見ることはできない。その顔は今、耳まで真っ赤になっていた。

（な、何だこれ？　柔らかい。小さい。細い。温かい。俺の知ってる手と大分違うんだけど……!?）

咄嗟とはいえ、突然心の準備もなく手を握ってしまい恥ずかしさ半分、嬉しさ半分で変な汗まで出てきた。そんなシヴァの緊張が手から伝わり始めたのか、セラまで無性に気恥ずかしくなり始め、２人はそのまま無言で夕焼けの中を歩き始めた。

# 14

一方その頃、賢者学校の会議室では、編入試験の試験官を務めた教員らを始めとした関係者たちが一堂に会していた。

いずれも賢き者たちを育成するために集められた有能な魔術師たち。そんな彼らが、部屋の中心に設置された水晶型の魔道具が映し出す記録映像を見て、茫然自失となっている。

「あ、あり得ない……！　蘇生魔法……？　そんなもの、御伽噺の世界ではないのか？」

「しかも古代魔法を生身で受けても無傷で済む耐久力とは……一体、どのような防御魔法を使っているんだ？」

「その上、攻撃は一撃一撃が破壊的……こちらもどのような魔法を使っているのか、まるで見当がつかないなんて……」

この賢者学校は、現代最高の教育機関の1つと言っても過言ではない。そこに集う賢者たちが皆、シヴァ・ブラフマンという人物を量り兼ねていた。

「試験の合否基準に基づけば、文句なしに合格です。……ですが、これは流石に……」

「そもそも、彼はなぜこの学校に受験してきたんだ？　彼が操る蘇生魔法が本物なら、逆に私が教えてもらいたいくらいなのだが……」

このような生徒を受け入れるのは、ハッキリ言って教育機関には荷が勝っている。それは栄えある賢者学校でもだ。

なので、不合格にすること自体は簡単だ。しかし、神童と名高いライルを一方的に捻じ伏せた実力は、むざむざ手放してしまうのには惜しい人材だ。学校の評価を上げるためにも入学を拒まない方が良いのでは……合否2つの意見で割れる会議だったが、上座に座る男の一声で方向性は定まり始めることとなる。

「私は彼を入学させるべきだと考える」

「学長……ですが」

反論しようとした教員を、学長と呼ばれた男が手で制する。

「君の言い分は分かる。確かにこれほど破壊的な魔法、加えて防御も完璧で蘇生魔法までもを操る生徒を御すことが出来るのかと言われれば難しいと言わざるを得ないだろう。……それが真実であるなららね」

「どういうことですか？」

「彼は幻覚魔法や幻影魔法を駆使し、ライル・ゼクシオ君や観戦人、そして我々にそう見えるようにしているだけだということさ」

学長は自信満々にそう言い切った。

「ですが、壁や床に飛び散っていた血肉や首は全て本物で……」

「生物ならいざ知らず、血肉の生成だけなら錬金術でも可能だ。幻影魔法に紛れさせ、それらを飛び散らせることでよりリアリティのある錯覚を相手に与えているんだ」

その理屈に会議室に居た職員全員が納得の表情を浮かべる。確かに、古代魔法を生身で受けきる、蘇生魔法を操るなどという現実味のない話より、断然納得のいくカラクリだ。

「それに考えてみたまえ。もし本当にこんなバカげたレベルの実力者だというのなら、どうして今まで無名だったのだね？」

「確かに……この試験手続書に書かれていることがどこまで本当で、彼がどの国の出身かは判然としませんが、これだけの力がありながら、今の今まで国や軍に放置されていたというのもおかしな話です」

「だろう？　……ただまぁ、ネタが分かれば対処のしようもあるし、これだけの幻覚魔法や幻影魔法を操ることから優秀な人材であることは間違いない」

シヴァの経歴等が書かれた試験手続書類に判が押される。赤いインクが塗《まぶ》された判子には、合格という文字が彫られていた。

## 第二章

# 破壊神呼ばわりされた村人の学校生活は、蘇生者が続出するらしい

# 1

シヴァがセラと出会い、十数日が過ぎて訪れた春季休暇明け……つまり、待ちに待った入学初日。

紺色を基調とした制服に袖を通したシヴァはセラと共に賢者学校の正門を潜《くぐ》り、入学式が行われる大講堂へと向かった。

しかし、セラの距離感がおかしい。

「……おい、どうしてそんなに離れて歩くんだ?」

これまでは肩を並べることも、共に過ごす時間も増えて体に触れることもできたというのに、賢者学校が近づき、登校する生徒の姿が増えるにつれてシヴァから物理的に距離を置き始めたのだ。

その度にシヴァはセラと距離を詰めるのだが、セラはその分離れてしまう。一体何事かと問えば、彼女は暗い表情でホワイトボードを見せた。

【……私と一緒にいるところを見られたら、迷惑かけます】

「迷惑ぅ? 何をバカなことを……ほら、行くぞ」

横に並んで歩くように促す。自分を置いて先に行く様子もないシヴァにセラも諦めがついたのか、重い足取りで歩き始めた。その姿に、周囲の生徒たちから注目が集まる。

『おい……誰だよ、あの生徒。顔見えねぇけど、超美少女じゃね？　……いや、美幼女か？』

『ちっちゃ〜い。髪キレ〜』

『あれは髪を上げれば絶対に化けると見たね』

この十数日間、セラは頑《かたく》なに前髪を切ろうとはしなかったが、服を購入しに行った際にボロボロの制服と鞄を仕立て直すことには（勝手に買うと脅した結果）賛同した。

鞄は頑丈な肩下げ鞄に変更。今の彼女はボロボロでサイズが合っていない制服ではなく、新品でぴったりなサイズの物を着用しており、道行く生徒たちから見たセラの評価は、概《おおむ》ね好評のようであった。

（ふふふ……そうだろう、そうだろう。初登校にして好きな女の子と一緒とは……これは幸先《さいさき》がいいんじゃなかろうか？）

内心、「俺はこんな可愛《かわい》い子と同棲してますよ」と鼻高々である。自分ばかりがセラの素顔の美しさを知っているというのも、優越感に浸れて良い気分だ。

『……ん？　あの髪型と背丈……もしかしてあいつ』

『……ちっ。雌ゴブリンの分際で……』

『はっ……身嗜《みだしな》みを整えればマシになると思ってるとか、馬鹿じゃないの？』

しかし、そんな中にも謂《いわ》れのない暴言を吐く輩《やから》を幾人か見つけた。そのことに首を傾げるのも束の間、シヴァたちは大講堂へと辿り着き、高等部1年が座る席に着いた。

「あれ……？　俺の椅子が無いんですけど……」

「え!?　す、すまない！　椅子を数え間違えたか……？　あの生徒の分を引いた数を、ちゃんと置いたはずなんだが。大講堂にも来ていないみたいだし」

「……？」

それから暫《しばら》く経ち、最後に来た高等部1年生が席に座ろうとしたら、どうやら椅子が足りていないらしい。慌てて教員が椅子を取りに向かうのを見送っていると、始業式を兼ねた入学式が始まった。

「新入生諸君、初めまして。私がこのアムルヘイド賢者学校の学長、マーリス・アブロジウスだ。まずは、諸君らの入学を心より祝福しよう」

真っ先に檀上に立って生徒全員に挨拶をしたのは、ローブを羽織った黒髪の壮年の男だった。その男の姓にはシヴァも心当たりがある。この学術都市の領主である、公爵家の当主だ。

「昨今は治安も非常に良く、今日も快晴。まさに絶好の入学日和であり――――」

（このあたりはまるで興味がないな。噂に聞く、集会の長話というやつだろ）

シヴァはその後に続く退屈な世間話や学校の方針の説明などを適当に聞き流す。この賢者学校が実戦での実力至上主義の訓練施設であることは調べがついているし、それ以外のことには興味はない。

自分はリア充になりに来たのだから……と思っていた彼の耳に、不穏な話題が飛び込んでくる。

「さて、この学校……というよりも、五大学校の生徒であれば知っているだろう。この4000年と長く続いた平和が今、危機に晒《さら》されようとしているのを。今から2000年前、大予言者ラプラスが残した、伝説の《破壊神》シルヴァーズ復活の予言を！」

（……ふぁっ!?）

シヴァが噴き出さなかったのは奇跡だった。

「かつて《勇者》や《魔王》、《獣帝》に《霊皇《れいこう》》、そして《滅びの賢者》が世界の滅亡を目論《もくろ》んだシルヴァーズを倒したが、それは永久封印という形であった。そのシルヴァーズの復活は百発百中の予言で世界を幾度も危機から救ったラプラスによって伝えられ、《破壊神》復活に対抗するため設立されたのが大勢の有望な若者たちを集める五大学校……その内の1つが当校、賢者学校である。予言曰《いわ》く、シルヴァーズ復活の兆しと共に、かの絶対悪を倒した5人の英雄が現代に転生し、それに呼応して《精霊宗主》、《創造神》、《闘神》が降臨し、今度こそシルヴァーズを撃滅することが出来るだろう、と」

（……マジかよ）

それは流石《さすが》に知らなかったと、シヴァの顎が冗談抜きで外れた。

「予言以降、我らの祖先は5人の英雄の転生者を迎え入れ、今度こそシルヴァーズを倒すための力を育む場所を設立した。それこそが五大学校の成り立ちだ。そしてアムルヘイドの僻地《へきち》の、火山でもない山周辺が突如溶岩で覆われたことで、我らは確信した。……シルヴァーズは復活したと!!　ラプラスの予言は正しかったのだと!!」

不安に騒めく行動の中、シヴァが猛烈に心当たりのある出来事を思い返して、冷や汗を滝のように流す。

「しかし安心してほしい！　ラプラスは今年度からの高等部3学年の内に5人の転生者が存在するという予言を告げている！　希望があるのだ！　古《いにしえ》の災厄、その化身を退ける希望が！」

高等部の生徒たちは暗雲に差し込む光を見つけたような表情を浮かべた。その胸の内から湧き上がる衝動は、やがて全校生徒へと伝達されたかのように講堂全体が盛り上がる。

「伝説を紐解《ひもと》けば《破壊神》が如何《いか》に強大な存在か分かるだろう。その強大な暴悪は、今なお世界中に爪痕を残している。しかし、我らもただ年月を重ねてきたわけではない！　特に今年の五大学校の高等部は、新1年生を含めて英雄の転生者と目される逸材が揃っており、歴代最強の世代と呼ばれるほどだ。そんな諸君らならば、必ずや暴悪なシルヴァーズを討ち取り、世界の平和を守ることが出来ると確信している!!」

うぉおおおおおおっ!!　と、歓喜と高揚、やる気に震える大講堂。そんな中でただ2人……魂が口から抜け出しているシヴァと、その彼を心配するセラだけは沈黙を保っていた。

(……なんてことだ……流石に、先走りすぎたか)

どうやらシヴァは、シルヴァーズ《自分》を倒すことを目的とした学校に入学してしまったらしい。

# 2

と、落胆したのも束の間のこと。

(まぁ、要はバレなきゃいいんだよ、バレなきゃ)

どんな罪もバレなければ法では裁けない。たとえ本当に勇者たちの転生体が現れたとしても、彼らの記憶とは全く違う姿と言動の自分を見て、シルヴァーズであると気付かない可能性だってあるだろう。

このくらいポジティブでなければ、4000年前に全勢力を敵に回してなどいられない。シヴァはこれ以上気にすることなく、大講堂の前に張られたクラス分けの表を眺める。

「1学年4クラスで……俺は1年1組か。……おっ、セラも同じクラスみたいだな！　改めて、よろしく」

「……っ」

相変わらず彼女はオドオドと周囲を気にしている様子だが、それでも小さく頷《うなず》いてくれた。

内心嫌われたのではないかと、ちょっと……いや、かなり不安になってきたので少しだけホッとし、2人で下駄箱のある高等部校舎の玄関へと向かう。

1年、2年、3年と分けられ、更にクラス別に分けられた大きな下駄箱は全部で12個並べられている。その内の1つ、一番端の1年1組用の下駄箱に向かうと、いきなり異変が見られた。

「何だあれ？」

「……っ！」

靴を入れる小さな扉付きのスペースの一つに、溢《あふ》れかえるほど大量の生ゴミが詰め込まれているのだ。

蝶番《ちょうつがい》を壊され、半ば外された扉には「雌ゴブリン」とか、「キモ過ぎ」とか、「臭いから学校に来るな」とか、幼稚な誹謗中傷《ひぼうちゅうしょう》が書かれており……セラ・アブロジウスという紙の名札が汚液でぐっしょりと濡れていた。

春季休暇で上履きを持って帰っていなければ、それも悲惨な状態になっていただろう。

『ぷっ……クスクス。なぁにあれ？　きったな～い』

『ちょっと身綺麗にしたくらいで調子に乗りやがって……目障りなんだよ、あいつ』

『ひゃははは。今泣くぞ、絶対泣くぞ。今から何秒後に泣くか賭けないか？』

そして周囲から嘲笑と追い打ちの言葉の数々。その標的にされたセラは、暗かった表情をより一層暗くして、何の感情も抱かない死んだ魚のような目で震えている。

（……これはもしや、あれなのでは？　輝かしい青春に影を落とす最大の原因であるという、イジメというやつなのでは？）

シヴァは楽しい学校生活を夢見て、予習を欠かさなかった。学校生活で起こり得るあらゆるトラブルを調べ、その中でも圧倒的な情報量を占めていたイジメ問題についても予習済みだ。

集団で1人の弱者を虐げる、とても褒められたことではない行動らしい。いずれも被害者には悲惨な学校生活が待ち受けており、抵抗すれば更に状況は悪くなるのだとか。

教師も責任問題を恐れて黙認しているところがあるらしく、こと学校という場所においては非常に根深い問題とされているようだ。

(そしてそのイジメのターゲットがセラということか…………なるほど、超絶許せんな)

実行犯も、それを笑って見ている奴も、見て見ぬふりをしている奴も、行動力のない教師もだ。

何より、一目惚れした少女がこんな目に遭っている現実もまた許せない。そんなこと、シヴァが求める輝かしい学校生活に相応《ふさわ》しくない。ならばどうするか？　……答えなど決まっている。

シヴァは泣きそうな顔で下駄箱の生ゴミを片付けようとするセラの肩に手を置いて制止する。

「なぁに、このくらいは任せておけ。お前には家のことでかなり世話になっちゃってるからな」

「……？」

ニッと笑うシヴァを不審に思いながらも、セラは少しだけ下がる。……その瞬間、下駄箱に詰まっていた生ゴミが全て消し炭となった。

「こういうのを片付けるところを見て、犯人は面白がるんだと思うんだ。なら一瞬で掃除をして、もう二度と下駄箱にちょっかい出せないようにしてやれば……」

続いてセラの手を握り、その手を起点にした魔法陣をこれ見よがしに下駄箱に設置し、シヴァは満足そうに頷く。

「お前以外の奴が悪意を持って下駄箱に触れれば、全身が爆発炎上する罠《わな》魔法を仕掛けておいた。解除しようと魔法で干渉すれば同じように爆発炎上するのをな」

「っ⁉」

「大丈夫大丈夫、こんなにも分かりやすく罠魔法陣を見せびらかしてるし、あんなんに手を突っ込もうなんて奴居るわけないって」

あはははは！　と笑いながら、不安そうに下駄箱を振り返るセラの背中を押し、シヴァは1年1組の教室へと向かうのであった。

## 3

教室に入り、指定された席へ向かう。セラの席は教室の窓際の一番後ろで、シヴァはその前なのだが、そこでも惨事があった。

「机までやられてるのか。よくやるわぁ」

「…………」

机にも「ゴミブスちゃん（笑）」とか、「雌ゴブリン」とか、「存在する価値皆無」とか、様々な暴言が落書きされ、更に机の収納スペースに生ゴミが詰め込まれ、椅子の上にも生ゴミが大量に山積みにされている。そんな中でひときわ異彩を放つ、花瓶に入れられた1本の花。死者を悼むために用いられるものだ。

（にしても朝っぱらからこんなことをして……よほど暇な奴なんだろうなぁ）

新学期初日からわざわざ生ゴミ持参で学校に来たのかと思うと、そういう印象を持たざるを得ない。仮にも賢者学校に通う生徒として、もっとやることはないのかと。

「まぁ、生ゴミはさっきと同じようにこうしてやればいいんだけど…………ん？」

生ゴミの類を一瞬で焼失させると、周囲の生徒……クラスメイト達から不躾《ぶしつけ》な視線をぶつけられる。まるで水を差されたというか……空気を読めないことをした奴を見るような目だ。

『何なのあいつ……何庇《かば》っちゃってんの？　きもっ』

『空気読めよ。惨めに片付けるのを見てから邪魔するのが楽しみだったのに、白けちまったぜ』

『ていうか、今あいつ何したんだ？　いきなり生ゴミが無くなったんだけど……』

そして周囲からこのような囁《ささや》きが聞こえてくる。これを聞いて、シヴァも本格的におかしいと思い始めた。

イジメは問題だ。それをさも当然のように……もっと言えば、それを全員が楽しんでいたかのような反応を示すのはどういうことなのだろうかと。

「……まぁ、いっか」

何があっても自分が対処すればどうにかなる。とりあえずは気にしない方向で決定したシヴァだが、目下の問題は完全には解決していない。

「この落書きどうするかね？　……うわっ、この文字なんてわざわざ彫ってあるし」

「…………」

「……あー……」

学校についてからどんどんセラの雰囲気が暗くなっていく。

シヴァも集団で攻撃される経験には慣れてはいるが、セラとシヴァとでは性格も違えば状況も違う。このような時、どのような対処法を授ければいいか思いつかなかった。シヴァならば、とりあえず犯人を見つけ出して二度と同じことが出来ないようにするのだが。

（とりあえずこの机はどうにかしないと……おっ！）

ここでシヴァはある物に注目する。教卓の横、窓際に置かれた担任教師用の机だ。造りは生徒用と全く同じである。

「あんなところに予備の机があるじゃないか！　これと交換しよう！」

【……え？】

「「「……え？」」」

しかし、つい最近まで学校というものを知らなかったシヴァにそのような細かい知識は無い。予備だと思い込んだ彼は、セラの机と椅子を担任の机と椅子と交換する。

この行動にはセラもクラスメイト達も驚いた。このままでは、担任教師は初日から机に落書きされたということになってしまう。

「いやー、良かった良かった。予備があって本当に良かった」

【あ、あの……】

「全員席に着けー」

誤解を解こうとホワイトボードを持ったセラだが、タイミング悪く担任が入ってくる。どこか神経質そうな金髪の男だ。

「編入生は始めましてだな。今日からこのクラスの担任となった……ん？」

そこで担任教師は自分用の机（元はセラの机）の惨状に気付く。そして本気でわけが分からないといった、戸惑いの表情でクラス全体を見回した。

「え……あの……ちょ、これ……？」

「せ、先生、それは……」

まさか初日から担任イジメを受けている？　いや、そういった対象は全てセラに向かうようになっているはずだと、纏《まと》まらない思考に次の言動が取れない担任に生徒の1人が声を掛けようとしたが、その前にシヴァが声を掛ける。

「あぁ、そこに置いてあった机、セラのと交換させてもらいましたよ」

「え？　な、何で……？」

「え？　だってそこに置いてあったのって、予備ですよね？　セラの机、教室に来た時にはそれより酷《ひど》い有様だったし、誰も使ってないなら交換しても良いかなって」

「いや、これは先生の机であってだな？」

「え!?　そうだったんですか？」

ここにきて机の持ち主が誰なのか分かったシヴァは、心底驚いた表情を浮かべる。

「う、うむ。なので私の机とアブロジウスの机を元に戻し――――」

「でも別に良いですよね？　だって先生は教師なんですから。教師が困っている生徒を助けるのは当然って本に書いてありましたもん」

なんの他意もないピュアな眼差しと言葉に、担任教師の言葉が詰まった。

「他の机と交換する時間もありませんでしたし、教師なら一旦自分の机と落書きされた生徒の机を交換して、後で綺麗な机と交換するくらいのことはしてくれて当然かと思うんですけど、違うんですか？　生徒側は学校に金払ってる身分だから、多少は融通してくれると聞いたんですけどね？」

「あ……いえ、違わないです……」

ぐうの音も出ない正論を前に、なぜか敬語になりながら机のことは諦めた担任教師。とっさに反論の言葉が思い付かなかったのだ。

「あー……ごほんっ！　とりあえず机は後で交換しに行くとして、改めまして。今日から1年1組の担任を務めることになった、アラン・ラインゴットだ。1ヵ月の間だけだが、よろしく頼む」

「1ヵ月？　1年の間違いじゃなくてですか？」

「うむ。今年度から設けられた制度なのだが、高等部1年生は1学期の最初の1ヵ月の間に生徒個人個人の能力によって振り分けが行われ、その後に正式なクラスが決定する。成績ごとに分かりやすい差をつけることで、生徒たちの意欲向上を促すとのことだ。この教室はいわば仮のクラス。成績が良い者ほど、1ヵ月後のクラス分けで待遇も設備もいいクラスに振り分けられるので、これから30日間はしっかりと励むように」

これまた差別が生まれそうな制度だと、シヴァは思う。現代はそれほどでもないのだが、4000年前は身分制度が非常に強固であり、貴族は気まぐれで平民を殺すこともあったくらいだ。

今回の新制度は、それにどこか通じるところがあると感じた。

「それでは早速だが、これから第２測定場で魔力測定を行う。これもクラスの振り分けに大きく影響する大事なことだ。トイレに行きたい者は先に済ませておくように」

# 4

広大極まる敷地内の施設の内の1つ……巨大な魔法陣が描かれたステンドグラスで覆われた建物の中に移動したシヴァたち1年1組は、施設中央の祭壇の横に立つアランに視線を集めていた。

「この施設全体が、魔力総量を数値化する魔道具となっている。この祭壇の上に立ち、魔力を全力で放出すれば、その者の魔力総量が数値で現れる仕組みだ」

「……ん？　何でこんな施設が作られたんですか？　魔力の量なんて、一目見れば大体分かるじゃないですか？」

シヴァがそんな疑問を口にすると、周囲は揃って訝しそうな表情を浮かべる。

「何を言っている？　そのようなこと、魔術師個人で出来るわけがないだろう？　魔力量を測るには専用の魔道具が必要……魔術師の常識だ」

「はぁ……そうなんですか？」

「このようなことも知らないとは……まったく、本当にまともな手段で編入試験を受けたのかが怪しいな」

先ほどの仕返しのつもりなのか、ネチネチと嫌味を言ってくるアランを無視して、シヴァは周囲の魔法陣に目をやる。

（4000年経って、当たり前だった基本技術が廃れて無くなったのか？　だからって、こんな大掛かりな設備はいらないと思うけど）

ただまぁ、正確な量を数値で表すというのは、4000年前にはなかった。特に必要もなかっただけということもあるが、こういう細かい点は進歩しているらしい。

「それでは1人ずつ祭壇の上に立ち、魔力を放出しろ。1人目は誰から行く？」

「じゃあ俺から！」

男子生徒の1人が祭壇の上に立ち、魔力を放出する。すると、祭壇の上に投影された0という数字が急速に上がっていき、最終的に4382という数字で止まった。

「このように、簡単に魔力量を測ることができる。ちなみに高等部1年で4000を超える数字は中々のものだ。皆も、これを基準にすると良いだろう」

こうして、生徒たちは次々と魔力を測っていく。大抵の者は4000前後、高い者なら6000ほどといった具合だ。

「おおっ！　これは凄い！　まさか1万1020とは……流石はアブロジウス家の令嬢なだけはある！」

「ふふんっ」

そんな中、一際目立った女子生徒が1人。自信満々な表情を浮かべる黒髪の少女だ。

『さ、流石はエルザ・アブロジウスだぜ……！　幾ら学長の娘とはいえ、まさか平均値の倍を上回る数値とはな』

『《滅びの賢者》の転生者として目されているだけのことはある』

（1万超えねぇ……そんなに凄いのか？　せいぜい、ライルと同じくらいにしか感じないんだけどな）

それよりも、シヴァには気になることがあった。

「なぁ、アブロジウスって確かお前の下駄箱の名札にも書いてあったけど……」

【……姉です。義理の】

つまり、セラも学長兼公爵の娘ということになる。にも拘《かかわ》らず、周囲からはあの仕打ち。シヴァは陰謀の匂いをぷんぷん感じ取った。

そうこうしているうちに、測定を終えていないのはシヴァとセラの2人だけとなる。レディーファーストとしてシヴァに促され、祭壇に立とうとしたセラだったが、エルザの一声でその足は止まることとなる。

「あら、測る必要なんてないわよ。だってどうせ、ゴミはゴミらしいゴミみたいな魔力しかないんだから、正確な数値を晒して恥をかく必要もないでしょ？」

エルザの理不尽極まりない言葉に周囲は同調したように大笑いした。

『あははははっはははははっ！　それもそうよねぇ！　あまりに低すぎたら、笑い過ぎてお腹捩《なかよじ》れちゃうじゃない！』

『いやー、気になるっちゃあ気になるけどな！　下には下が居るって安心も出来そうだし！』

『先生！　こいつの魔力量はもう1とかで良いと思いまーす！』

聞くに堪えない嘲笑の嵐に身を震わせ、耐え忍ぶセラ。そんな彼女《生徒》の姿を見たアランは、叱るどころか肩を震わせて笑いながら周りと同調した。

「ぷっ……くくく……！　そ、そうだな。そういうわけでセラ・アブロジウスの魔力量は1ということで――――」

「何をわけの分からんことを。減るもんじゃないし、実際に測ってみればいいだろうに」

そんな醜悪に明るい雰囲気をぶち壊したのは、誰あろう……シヴァである。シン……とクラスが静まり返る中、シヴァは1人堂々とした態度でセラの肩に手を置き、祭壇の上へと連れて行く。

「俺は学校なんて初めて通うからよく分からんが、世の道理くらいは理解できる。周りが何を言おうが関係ない。お前だってこの学校の生徒なんだから、同じように魔力をちゃんと測る権利があって当然のはずだろ？」

「ちょ、ちょっと待ちなさい！　この私がしなくても良いって言ってるのよ!?　学長の娘である私に逆らってタダで済むと――――」

自分の思い通りの展開にならなくて苛立った様子のエルザが摑《つか》みかからんばかりの勢いで詰め寄ってくるが、そんな彼女にシヴァはほんの少しだけ圧力を加えてにっこりと微笑《ほほえ》んだ。

「ちょっと……黙ってろよ」

「う……ぁ……か、はっ……!?」

本人からすれば、ちょっと怒っているという程度。しかし、周囲がそう受け取るとは限らない。笑顔とは本来、威嚇の行動と言われている。《滅びの賢者》と恐れられたシヴァのちょっとした脅しを、セラを除く全員が呼吸を忘れそうなほどに恐れたのだ。

「さ、気にせずやっちまいな。お前の魔力量は結構なもんだから、自信を持ってもいいぞ」

【で、でも……魔力の放出と言われても、やり方が分からないです】

「簡単簡単。ヘソの下辺りに力を入れて、ゆっくりと息を吐き出してみな。生物の構造上、そうすれば勝手に魔力が放出されるから」

もはや誰も止めることが出来ない状況となり、セラはシヴァに優しくレクチャーをされながら、祭壇の上で魔力を放出する。

「んなぁっ!?　魔力9万9999っ!?　馬鹿なっ!?　測定場で測れる最大値……カンストしたというのか!?」

『『はぁあああああああああっ!?』』

「ふむ……数値だけ見ればエルザの9倍以上……それでもまだ少なく表示されてるけどな」

騒然となる一同の中、セラは思いもよらない数値に目を白黒とさせ、シヴァは納得のいかない表情を浮かべる。

「そ、そんな数字あり得ない！　私たちがこんな雌ゴブリンに負けるなんて！」

「こ、故障だ故障！　そうでなければインチキだ！」

「そ、そうだな……とりあえず、記録は0ということで――――」

「おいおい先生、それは納得出来ませんよ。故障だっていうんなら、ちゃんと直してもう一回測り直してやってください」

アランに対してのみ少しだけ圧力をかけながら話しかけるシヴァ。記録用紙に書き込もうとしていたペンは止まり、額から冷や汗を滝のように流す。

「い、いや……やっぱり故障というわけではなさそうだ。セラ・アブロジウスの記録は表示通りということで……」

「そうですか？　それなら良いんですけど……あ、最後は俺ですね。……あ、確認ですけど、本当に本気でやっても大丈夫なんですよね？」

「？　あ、あぁ」

そしてセラと交代する形で、シヴァが祭壇の上に立ち、魔力を放出する。

（普段通り発したら炎熱まで放出されるからな……壊さないように、気を付けながらっと……）

常に敵襲に晒されてきたシヴァは、何気ない行動も攻撃となる癖がついている。その癖が出ないように気を配りながら、ゆっくりと魔力を放出するのだが、その上に投影された数値が凄まじい勢いで上昇し続けていく。

「い、一瞬でカンストして……!?」

「な、何だ⁉　測定場全体にヒビがっ⁉」

本気でやってもいい。そう言われて素直に、破壊を伴わない魔力を本気で放出し続けるシヴァ。

「ば、馬鹿な⁉　測定場の耐久度を遥かに超える魔力量があるというのか⁉」

しかし、放出され続ける魔力が出終わるより先に、その圧力に耐えきれなくなったステンドグラスの魔法陣全体に細かい亀裂が入り、ガシャアアアンッという甲高い音と共に砕け散った。

「うわあああああああああああああっ⁉」

「きゃあああああああああああああああっ⁉」

「おっと、いかんいかん」

生徒たちが怪我《けが》をしないよう、降り注ぐ鋭利なガラス片を余さず全て焼き尽くすシヴァ。そんな彼以外の者が呆然とし、あるいはヘナヘナと座り込む中、すっかりと開放的になった施設を見回して、シヴァは深くため息をついた。

「人だけじゃなくて魔道具まで脆《もろ》いなんて……現代は強度を度外視しているのか？」

# 5

「な、何なんだよ、あの数値……絶対にあり得ないだろ。雌ゴブリンに、ぽっと出の奴が俺たちの何倍もの魔力があるなんて……」

「測定所が砕けるなんて……もしかして、何か変な魔法でも使ったんじゃ……？」

「その割には、魔法陣もなかったけど……」

休み時間を挟んで次の授業、約2名を除いてヒソヒソと話しながら、1年1組は魔法試射場へと来ていた。開けた土と砂のフィールドには巨大なゴーレムが1体鎮座している。

「えー……第2測定場はしばらく復旧工事のため使用できなくなったが、幸いにも怪我人は1人も出なかったため、授業は続行となる」

咳払《せきばら》いをしながらことの結果を伝えるアランは、ちらちらとシヴァの方を盗み見る。

本来ならば、あの生意気にもセラを庇おうとする編入生に、なんらかの処罰を下したいところなのだ。しかし魔力量測定の魔道具が、通常の使用方法で壊れるなど前代未聞だ。なんらかの攻撃魔法を使ったわけでもないので、ルール上では処罰する理由がない。

教師でありながら初日から生徒たちを監督できないという評価を下されたくないため、適当な嘘はつけない。アレンは悶々《もんもん》とした感情を隠しながら、淡々と仕事を進めるしかなかった。

「これから生徒全員の得意な攻撃魔法の出力を測定する。1人1人、順番にあのゴーレムに向かって自分の得意な魔法をぶつけるんだ。その威力をゴーレムが数値化し、その数値を元に評価を下す」

(得意な攻撃魔法……ねぇ)

シヴァは頭の中で自分が得意な攻撃魔法を羅列していく。

その中には、標高1万メートル級の山を細切れにした熱線があった。海を蒸発させた灼熱があった。降り注ぐ隕石群を焼き尽くした爆炎があった。神々すらも焼失させた業火があった。

そしてそれらは、あのゴーレムを容易《たやす》く破壊しきってしまう物ばかり。先ほどの件を一応は反省しているシヴァとしては、どの魔法を使うべきか非常に悩むところだ。

「アラン先生、攻撃魔法をぶつけろと言ったけれど、壊してしまった時はどうすれば？　正直私、あまり加減を知らないのだけれど」

そしてその不安を抱えているのはシヴァだけではなかったようだ。やけに自信に満ち溢れた表情のエルザがそう進言したが、アランは問題ないと首を横に振る。

「その心配はない。あのゴーレムは魔法耐性に優れたミスリル製で、我が賢者学校が誇る錬金術師、グラント・エルダーによって製作されている、自動修復能力付きのゴーレムだ。大抵の魔法ではビクともしないし、たとえ粉々に破壊されても元に戻るというお墨付きだ」

(誰だよ、グラント・エルダーって)

しかし、それなら心配はいらないかもしれない。これまでの前例を考えれば手加減は必須だが、それでも修復不能になる心配はなさそうだ。

「それでは測定を開始する。1人目、前へ」

「はいっ」

こうして魔法威力の測定が開始された。1人1人順番に魔法陣を展開し、各々が得意な炎魔法を、水魔法を、風魔法を、土魔法を、雷魔法をゴーレムに叩き込んでいく。

（平均数値は600前後か……これはどのくらいのものなんだろ？）

少なくとも、シヴァの眼にはふざけているとしか思えないくらい弱々しい魔法にしか映らない。とても本気で、自分が得意な魔法を撃っているとは考えられないくらいに。

「そういえば、お前はどんな魔法が得意なんだ？」

「…………」

ふと気になって隣のセラに問いかけてみるが、彼女はますます暗い表情でホワイトボードを見せる。

【魔法……教えてもらったことがないから、使えないです】

「教えてもらったことがないって……この賢者学校に入って結構長いんだろ？　先生が教えてくれなかったのか？」

【……私に教える必要はないって言われました……】

「……ちなみにこれまでの授業はどうしてたんだ？」

「…………」

無言が返ってくる。しかし、その表情から察するに碌《ろく》なことではなかったのだろう。どうやらイジメ問題は本気で深刻のようだ。

（これは、できない……みたいなことになったら、まーた耳障りな笑い声が聞こえてくるんだろうなぁ）

通う学校を間違えたか……本気でそう思えてきたシヴァは頭を振る。

「……よし、それじゃあ俺が簡単な攻撃魔法を教えてやるよ。魔力を注ぎ込めばそれなりの威力にはなるだろうし」

それでも、ここまで悪いともうこれ以上はないだろう。なら後は上を目指すだけだ。

人目につかないよう、少し隅に移動してからセラに魔法を教えるシヴァ。その最中、一際激しい水と風の嵐がゴーレムを呑《の》み込んだ。

「うぉおお……！　こ、これは水と風の混合属性の中でも最上級と謳《うた》われる……！　記録は6063だ！」

「ふふんっ」

エルザの魔法のようだ。他の生徒たちに10倍近くの差をつけて、優越感に浸った表情を浮かべている。

「すげぇえ！　なんて威力の魔法だよ！」

「噂では使えると聞いていたけど、この目で見たのは初めてだわ！」

先の魔力測定からずっと不機嫌そうだったエルザだったが、周囲の褒めたたえる声と共に上機嫌になっていく。どうやら随分と分かりやすい性格をしているようだ。

「え〜……それでは次は、セラ・アブロジウス！　前へ」

「……っ！」

そして丁度シヴァが魔法陣を教え終わる頃には、残りは彼とセラの2人だけになっていた。

先ほどまで不機嫌そうなエルザに怯《おび》えていたアランが、妙にニヤニヤとした表情でセラの名前を呼ぶ。エルザを良い意味で目立たせた後で、セラを悪い意味で目立たせようという魂胆が透けて見えるようだ。

「落ち着いてやんな。教えた通りにやれば大丈夫だから」

「…………」

一気に集中する視線に挙動不審になるセラの肩に手を置いて震えを止めると、セラもおずおずとゴーレムの前に出る。そして待ってましたとばかりに罵声を上げようとしたクラスメイト達に向かって、シヴァは人差し指を口元に置き、にっこりと笑いかけた。

「静かにしような。初めての魔法実演なんだから」

「「ひぃいっ!?」」

先ほどと同じく、ほんの少しの圧を加えた笑顔《威嚇》を前に、クラスメイト達は竦《すく》み上がる。彼らからすれば、なぜ笑顔を前に自分が怯えているのかが分からないだろう。

「…………」

周囲が静寂に包まれる中、セラは指先に魔力の光を灯し、ゆっくりと魔法陣を描いていく。

「ぷっは！　何だよあの遅い魔法陣構築」

「しかもあれって、《魔弾《フォイア》》よね？　よくあんな簡単な魔法を、あそこまで拙《つたな》く……ぷくくく」

使うのは魔力を固めて撃ち出すだけの、基本中の基本の攻撃魔法。ペンで紙に書くような、目も当てられないほど遅い魔法陣の構築速度。クラスメイト達もこれには内心バカにしていたが、そのうちの何人かが魔法陣がおかしいことに気付く。

「あれ……？　何だあのルーン文字？　あんなルーン文字、あるわけが……」

「しかも紋章も見覚えがない……え？　《魔弾《フォイア》》じゃないの？」

自分たちが知っている基礎魔法じゃない。そう、クラスメイト全員が認識した時、エルザが血相を変えて叫んだ。

「あ、あれは古の時代に殆《ほとん》ど失われた古代のルーン文字と紋章!?　極一部の貴族や王族、教会や研究所にしか伝えられていない古代魔法の秘奥を、なぜ基本も教わっていないセラが!?」

「え？」

何やら大げさなことを言っていると、シヴァは茫然とした。今しがたセラに教えたものなんて、

4000年前の魔法の基本中の基本でしかないというのに。

「い、いかん！　伏せろっ！」

アランが叫んだ瞬間、ようやく完成した魔法陣の中心から2メートルほどの大きさを誇る魔力の塊が、強烈な回転と共に発射され、並大抵の魔法では傷1つ付かないミスリルゴーレムの上半身を消し飛ばし、遥か上空の雲を突き破って大気圏外を突き抜けていった。

「……じゅ、10万3241」

「んー……まぁまぁだな。初めてにしては上出来だろ」

【あんなのが出るなんて、聞いてないんですけどっ!?】

「いや、あのくらい普通だって」

青い顔で若干涙目になりながら詰め寄ってくるセラに、シヴァはさも当然のように答える。セラくらいの魔力量があれば、魔法の素人であってもあのくらいの威力が普通なのだと。

そんなやや見当違いな弁解をしていると、下半身だけが残ったゴーレムがゆっくりと自動修復されていく。

「修復速度遅いなぁ……まぁ、失った質量に関わらないあたり、ギリギリ及第点ではあるか。じゃあ最後は俺の番だな」

ゴーレムが完全に修復し終えたのを見計らって、シヴァは軽めに、ゴーレムが修復できる範囲に収まるのを意識しながら魔法を放った。

「《火昇閃《ラグナフ》》」

ゴーレムの足元から、雲を、天を越えた先にある宇宙空間まで届く火柱が昇り、全身を焼き尽くした。

その灼熱は限界まで収束され、建物や人に直接的な被害を与えなかったものの、生じた突風はシヴァの陰に隠されたセラ以外のクラスメイトと担任教師を吹き飛ばし、莫大な水の塊である雲を消し飛ばし、青い空を紅蓮《ぐれん》に染め上げる。

そして火が消えた時、そこに残されたのは丸い漆黒の焦土だけであった。

「シ、シヴァ・ブラフマン…………測定不能…………」

「……あれ？　点数は？　修復機能は？　……あれ？　もしかして、また壊しちゃった？」

いくら修復機能があれど、跡形もなく焼失すれば機能しない。

4000年前にはそこらへんにいくらでも転がっていた、〝どれだけ入念に焼失させても復活する装備〟の類ばかりを相手にしていたシヴァは、眼が飛び出んばかりに驚いているクラスメイト達を差し置いて、余りにも呆気なく壊れた（と思っている）ゴーレムに、逆に戸惑いを隠せなかった。

# 6

そして全測定が終了し、教室に戻ってきた1組だったが、教室の端にいるシヴァとセラは遠巻きにされていた。

『何なんだよ、あのとんでもねぇ魔法は。あのチビヒョロ女まで、一体どうなってるんだ？』

『……あんなに強い魔力があるなら言えばいいのに……。どうしよう、私何も知らずにいじめてたんだけど……』

『ふざけんな……あんなの何かの間違いに決まってるだろ。俺が雌ゴブリン以下なんて、あるわけが……』

恐れと嫉妬。それらが入り混じった納得のいかなそうな視線。それにセラは身を縮こまらせるのとは少し違うがどこか落ち着きがなさそうであり、シヴァも難しい表情を浮かべている。

（うーん……おかしい。なんだか俺が思い描いていた青春と、多分少しずれてきてるぞ？）

確かに備品や施設を壊しはしたが、それでも個人的な基準では大したことはしていない。そう思っているシヴァは原因が思い浮かばず、どうすれば現状を変えられるか悩んでいると、エルザがズカズカと近づいてきた。

「ちょっといいかしら？」

「っ⁉」

シヴァに向かって放ったその一言。それだけで後ろに座っていたセラが恐怖に引き攣《つ》ったような青い表情を浮かべる。その様子を一瞬横目で確認し、シヴァはエルザと向き合った。

「確か、シヴァ・ブラフマンだったかしら？」

「ああ、そうだけど？　そっちは確か……エルザ・アブロジウスだったか？　セラの姉貴の」

そう言った瞬間、エルザは鬼のような形相を浮かべる。

「なんて不躾な平民なのかしら⁉　私は学長の娘で公爵家の令嬢なのよ⁉　敬語を使ったらどうなのよ⁉　それにそんなゴミをかき集めた出来損ないの姉と言われるなんて、心底不愉快だわ！　しかも一際醜い魔力を持った混血雑種の分際で、よくも純血かつ高貴な血が流れる私に無礼な言葉遣いができるわね……今すぐ跪《ひざまず》いて許しを請えば、痛めつけるだけで許してあげなくもないわよ？」

この時、シヴァは悟った。こいつは編入試験で戦ったライルの女版であると。

「混血雑種ねぇ……今のご時世、それを口にすれば顰蹙《ひんしゅく》を買うって聞いたんだけど、一体純血の何が偉いっていうんだ？」

「ふん！　愚かなだけじゃなくて無知だなんて救いがないわね。そんなもの、五英雄の転生者が純血の者に限られているからに決まっているじゃない！」

「え？　そうなの？」

「当たり前でしょう？　《滅びの賢者》だけでなく、《勇者》や《魔王》、《獣帝》に《霊皇》も純血種だった……だから転生先も純血種に限られる。普通に考えて当たり前のことよ。それに比べれば、混血なんて何の価値もなくなるわ。まったく、これだから薄汚い雑種は嫌になるのよ」

　果たして、そんな制約が必要だろうか？　確かにそっちの方がかつての力を出しやすいのかもしれないが、そんな余計な条件を入れなければ全盛期の力を出せないような弱卒連中ではないことを、シヴァは身を以《もっ》て知っている。

「まぁいいや。話がそれちゃったけど、結局何の用だ？」

「本当に無礼な雑種ね……まぁいいわ。一度しか言わないからよく聞きなさい」

　エルザはこちらを物理的にも立場的にも見下しながら告げる。

「シヴァ・ブラフマン、私の傘下に加わりなさい」

「傘下？　部下ってことか？」

「ええ、そうよ。学長の娘という立場に加えて、大勢の配下に学年一番の実力……私こそが《滅びの賢者》の転生者であることを裏付ける、賢者学校の頂点に立つに相応しいという下地は着実に出来上がっている。でもまだ足りないから、こうして力のある生徒たちは皆私の支配下に置いてるってわけ。あんたもほんのちょっとはできるみたいだし、薄汚い雑種だけど私の配下に加わることを許してあげるわ」

　どうやらエルザは彼我の実力差も理解していない……というか、理解したくないらしい。測定であれだけの差を見せつけられてまだそんな上から目線で居られるなど、エルザの矜持《きょうじ》は見上げるほど高いようだ。

「分かるかしら？　私の配下に加われば、大勢の生徒たちを味方につけるも同然。そうすればあんたの学校生活は安泰と言っても過言ではないのよ？　逆に歯向かえば……どうなるか分かっているわね？」

「ふむ」

エルザに付き従うように後ろに立つ大勢の生徒たち……というか、クラスメイトの過半数以上を見て、シヴァは思考に耽《ふけ》る。

このままエルザという長いものに巻かれれば、シヴァの学校生活が安泰なのは間違いないだろう。同じ派閥の者同士、友人を得る機会が多いというのは簡単に予想できる。

……ならば、シヴァの答えなど決まっている。

「嫌でぇーす。ぶぅーっ！」

ありったけの侮蔑と嘲笑を交えた、全力の変顔で拒否してやることだ。

「な、何ですってぇ……!?」

「イ・ヤ・だって言ったんだよ、ぶぅーっ！」

頬がピクピクと動き、青筋が立つほどの怒りの形相を浮かべたエルザは、今にも殺さんとばかりにシヴァを睨みつけるが、シヴァはどこ吹く風とばかりに変顔を繰り返した。

瞬間、エルザの手のひらに魔法陣が浮かび上がり、それをシヴァの顔に突き付けたが、それでも彼の態度は変わらない。

「言い訳を聞こうかしら？　納得ができる理由なら、命だけは助けてあげる」

「いや、理由も何も……会って1日目だけど、正直に言ってこのクラスの連中のこと、嫌いだし」

「……は、はぁっ⁉」

これまでエルザは権力者である父公爵に蝶よ花よと愛《め》でられ育ってきた。周囲の人間も、極めて高い家柄の貴族の娘である彼女に面と向かって逆らい、ましてや嫌いなどと言ってくるものなど1人も居なかったのだ。

だというのにだ。今日会ったばかりの平民からこうもあっけらかんと言われては、これまで万人に愛されているという自負を抱いていたエルザのプライドはズタボロ。傍《そば》でその様子を見ていたセラもアタフタとしている。

「だってさぁ……こいつ《セラ》に向かって陰でこそこそ悪口言ってる陰険な連中に、それを増長させる教師。それを先導する性悪女。こんなん好きになれって方が無茶だろ」

「な……！　そ、そんな生ゴミ同然の混血チビを庇う為だけに私に歯向かうっていうの⁉」

「そういうところが嫌われる要因だって、何で気付かないかね？」

理由はただ、血が尊いか卑しいかだけ。シヴァは別に高貴な血筋をバカにする気はないのだが、それが貴族が下民を愚弄する理由にはならないという考えの持ち主だ。それ以前に、不当に虐げられることを良しとはしない主義でもある。

なのに、意気揚々と入学した学校では、生徒や教師が弱者を寄ってたかって虐げるようなことをしているのが分かって、入る所を間違えたと若干後悔している。

もっとも、そのおかげでセラと出会えたのだから結果的にはプラスでもあるのだが。

「ぶっちゃけた話、俺は《滅びの賢者》なんて称号はどうでもいいし、別段魔法を学びたいわけじゃない。ただ単に友達とか欲しかったから、学校に通い始めただけなんだよ」

「……あら？　あれだけ偉そうに言っておきながら、取り巻きの1人もいないのね？」

シヴァが自ら露呈した弱みに付け込み、エルザは厭《いや》らしい嘲笑を浮かべる。

「俺が欲しいのは友達ね、取り巻きじゃなくて。……でもさ、俺にだって相手を選ぶ権利くらいあるんだぞ？」

「……それは……名門貴族であるアブロジウス家の娘である私は従うに値しないと愚弄しているのかしら……!?」

そう受け取られてもおかしくないシヴァのセリフに、エルザは肩をプルプルと震わせ、迸《ほとばし》る怒気にセラはエルザとシヴァを交互に見ることしか出来ない。

「今この学校で最も《滅びの賢者》に相応しいと呼び声の高い純血の私に……それも大貴族である公爵家に楯突《たてつ》いたらどうなるか分かっているんでしょうね!?」

「純血がどうのこうの言うかと思えば、今度は貴族がどうのこうのと。正直な話、俺からすれば貴族だの王族だの、全く怖くないから。そんな威光が俺に対する脅しに使えると思うなよ？」

このシヴァの発言に教室が騒然とする。ただの平民が貴族や王族を愚弄するような発言をしたのだから当然と言えば当然なのだが、例の如《ごと》くシヴァからすれば大した問題ではない。

4000年前、全人類と敵対していたシヴァだが、実際に戦っていたのは大勢の兵士や戦士、武勲を立てた英雄や至高の領域に達した魔術師ばかりで、為政者ではないのだ。

今も昔も、戦時における為政者たちの立ち位置は変わらない。中には最前線に出てくる変わり者もいるが、基本的に命がけで戦う者の後ろで威張り散らしているのが貴族や王族であるというのが、シヴァのイメージだ。

たとえ権力を楯にされたとしても負ける気はしない。武力だろうが財力だろうが人数差だろうが、それら全てを物理的に焼き尽くしてきたからこそ、シヴァは《滅びの賢者》と恐れられていたのだ。

もし、貴族の権力でこちらを押し潰そうと言うのなら、こちらは一国が音を上げるまで物理で潰すまで。そんな意思を宿した瞳に、エルザは少しだけ怯《ひる》んだ。

「ていうか、俺ちょっと思ったんだけどさぁ」

「な、何よ？」

「貴族の子供や王族の子供が威張り散らすところは何度も見てきたけど……お前らってそんなに

偉いの？」

「……は？」

エルザは本気でわけが分からないという顔をした。

彼女からすれば、自分の体に流れる貴族の血こそが下民に尊ばれる理由なのに、まるでその考えを根本から覆されたような気持ちだ。

「いや、国の重要な舵取《かじと》りとか、貴族の義務とか、俺には正直あんまりよく分からないけど、そうやって自分の将来とか犠牲にしてまで国や国民に恩恵を与えてくれるから敬われるのは分かるぞ？　でもそういうのって皆大人になった貴族ばかりで、子供のお前らはまだ何もしてないよな？　平民の立場からすれば、仕事らしい仕事もせず、俺らになんらかの恩恵の１つも与えてくれない奴を敬いたくないんだけど？」

「へ？　……あ……え？」

幼い頃から公爵の父が居ると知っていて、わけあって一時期は共に暮らせず平民として生きてきたが、物心ついたころには公爵家で不自由のない暮らしをしていたエルザ。彼女には分からないことだが、シヴァの言葉はこの場にいる、貴族の子弟に虐げられた平民たちが、大なり小なり心の奥底で抱えていた本音だった。

「今のところは税金で裕福な暮らしをしているだけで、実績もない奴が学校でお山の大将しててても……正直、滑稽としか思えない。そのくせ誰かをイジめることだけは一丁前って……もう呆れて言葉が見つからないんだけど」

「……っ!!」

これまで貴族としての名前と、持ち前の魔法の実力を見せつければ全ての平民がひれ伏した。そんな経験しかないエルザが初めて出会った、自分を堂々と侮辱する男の存在に、彼女はほぼ反射的に手袋を投げつけた。

「こ、こんな侮辱は生まれて初めてよ……！　シヴァ・ブラフマン！　私と決闘をしなさい！」

「決闘？」

もしこの場に、4000年前のシヴァを知る者がいれば、エルザのあまりにも命知らずな言動を諌《いさ》めただろう。

何せ彼女が挑んだのは巨象と蟻《あり》の戦いではない。太陽に芥子粒《けしつぶ》を投げ込むような、何も生み出さず、ただ太陽に挑んだものが焼き消えるような結末しか待っていないのだから。

「私が勝ったらあんたは私の奴隷よ！　泣いて殺してくださいって嘆願するような目に遭わせてやるんだから！」

「まぁ、決闘自体は良いんだけど……それ、俺が勝ったらどうするんだ？」

「そんなこと、天地がひっくり返ってもあるわけがないでしょ!?　本当に無礼な雑種ね！」

あれだけの魔法の威力の差を見せつけられても、依然として実力差を認めようとしないエルザは吠《ほ》える。シヴァはもはや憐みすら浮かぶ瞳でエルザを見ると、もう面倒くさいとばかりに片手をパタパタと振る。

「それじゃあ、もし仮に俺が勝ったら、俺の言うことをなんでも一つ聞いてくれるってのは？」

「上等よ！　やれるもんならやってみればいいじゃない！」

「よし、じゃあ決闘成立ってことで……決闘のルールは？」

そう問いかけると、エルザは陰湿な笑みを浮かべる。

「明日は丁度、クラス内での模擬戦が行われるわ。各自グループを作って別のグループと対戦するのだけれど、グループの人数はグループリーダーが勧誘しただけ増やすことができる。明日私が結成したグループと、あんたが結成したグループで模擬戦をして、勝った方が決闘の勝者よ」

「そんじゃあ、それでいこうか」

決闘にかこつけて、シヴァを必要以上に痛めつけるのが目的なのだろう。そんなことは分かりきっているが、ここまでスクールカーストのトップに楯突いたからには、勝利しなければ今後の学校生活を切り開けないことはシヴァも想像に難しくなかった。

「ふんっ。精々逃げないことね」

鼻を鳴らして立ち去っていったエルザは取り巻きたちに何かを指示している。その後ろ姿を眺めていると、セラがシヴァの袖を軽く引っ張る。

【危ないです】

「ん？　何が？」

【義姉《あね》は賢者学校でもかなり強い方で、少なくとも学年で一番らしいです。もしシヴァさんが怪我《け》《が》をしたら……】

シヴァは思わずポカンとした。ここ10年以上、誰かに心配をされることがなかったので虚を衝《つ》かれてしまったのだ。

セラも測定で力の差を存分に見てきたはずなのだが、その眼差しに含むところはなく、本心を映し出すホワイトボード《魔道具》には、どこまでもシヴァの身を案じる文章が綴《つづ》られていた。

「……お前はなんていうか……」

「……？」

「あー……いや、なんでもない」

「？　……？」

途中で言葉を切られて続きが気になったのか、逸らされた自分の顔を覗《のぞ》き込もうとするセラに、シヴァはニッと笑いかけた。

「まぁ見てな。上手《うま》いことやってみるよ」

と、自信満々にシヴァが言ってのけた日の放課後。

「さ、殺人事件！　殺人事件だ！　下駄箱で生徒と思《おぼ》しき焼死体が2人分もっ」

あんな見え見えの罠魔法陣に手を突っ込むバカは居ない……そう自信満々に言ってのけたシヴァの予想を裏切り、セラの下駄箱に悪意を持ってちょっかいを掛けようとした生徒2人組が爆発炎上していた。

これには流石のセラも泣きそうに歪《ゆが》んだ青い表情でシヴァを見上げ、シヴァはシヴァでそれから目を逸らすことしか出来ない。

【ほ、本当に大丈夫なんですよね？　なんか、色々と】

「多分、きっと、恐らく、大丈夫……大丈夫、だと……良い、なぁ……」

なぜか、この時代の〝強さ〟に漠然とした不安を抱き始めたシヴァは、遠くからセラの下駄箱に生ゴミを詰めようとした焼死体2人分に《生炎蘇鳥《フェニクス》》を発動させるのだった。

# 7

翌日、賢者学校の第2野戦演習場にて。

大人数の魔術師によって作り出された人工の森や岩山……魔法を用いた実戦を体感するのに十分な条件を満たしたこの場所に、1年1組全員が集まっていた。

「決闘のこと、分かってるわよね？　私が勝てば……」

「あぁ、言われるまでもない。……ついでに言っておくけど、俺が勝ったときのこと忘れるなよ？」

「ふんっ！　本当に生意気な混血雑種ね。そんな悪趣味なチビを手元に置いておくだけのことはあるわ。あんたが勝つなんてこと、絶対にあり得ないんだから」

互いに火花を散らす両班のリーダー。その間にアランが立ち、軽く咳払いをする。

「それではこれより、エルザ・アブロジウス率いる第1班と、シヴァ・ブラフマン率いる第2班の模擬戦を執り行う。両チームは指定されたポイントまで移動するように」

「「はい」」

クラスメイト総勢30人の内、エルザの班員22名……クラスメイトの過半数を率いて森の中へ。対するシヴァは、唯一の班員であるセラを連れて岩山の方へと移動を始め、残りの生徒やアランは演習場の外へと移動する。

アランたちは遠見の魔道具やら魔法やらを使って高みの見物と洒落込《しゃれこ》むつもりだろう。学生の訓練とはいえ、使用するのはれっきとした攻撃魔法だから当然と言えば当然の配慮だ。

「それにしても……俺たちの班員、全然集まらなかったな。ギリギリ班・という名目だけは保てたけど」

数だけを見た戦力差は十倍以上……これがスクールカーストトップと、それに逆らった者の違いであるのかと、シヴァはちょっと悲しい気持ちになった。

唯一班員になってくれたのはセラだけなのだが、実はシヴァも初めは他のクラスメイトを勧誘してはいた。しかしその殆どはエルザの味方をし、残った6人はというと――――

――――なぁ、良かったら俺の班に……。

――――ひぃっ!? お、俺はもう別の奴と組んでるから！

――――……なぁ、俺と……。

――――こ、来ないで！　先生に言いつけるわよ!?

とまぁ、このように怖がられているのだ。

（おかしい……そこまでビビられるようなことしたかなぁ？）

入学早々煙たがられるルートまっしぐら。本当なら初日で男友達でも作って和気藹々《わきあいあい》とした雰囲気を作りたかったのに、どうしてこうなったのかと。

いや、理由は分かっている。学校内での権力が強いエルザに逆らったからであり、そんな奴に関わりたくないというのは至極当然のことだ。

（だからって、クラスメイトと話すくらいのことはしてくれてもいいじゃん）

……もっとも、シヴァの場合別の理由もあるのだが、彼がそれを自覚する様子はない。

【……ごめんなさい】

「ん？　何でセラが謝るんだ？」

【私なんかと一緒に居るから、シヴァさんの学校生活が……】

早速クラスから浮き始めたシヴァのことを憂いているのだろう……今にも消えてしまいそうなほどに身を縮こまらせているセラの小さな体を見下ろし、どうフォローを入れたものかと悩んでから、気にしていないという風を取り繕うことにした。

「まぁ、出だしは悪いけど、どうにかするさ。それより、今は授業に集中するとしよう。これでも学生らしく、勉強は真面目に本気でやるつもりだからな」

青春の切磋琢磨《せっさたくま》。それは本気と本気のぶつかり合いであると、シヴァはこの時代の本で読んで憧れていた。

取り繕ってばかりの者に心から楽しい青春は訪れない。もちろん誰しも秘密にしたいことくらいはあるだろうが、秘密にする必要のないことまで取り繕っては、誰とも分かりあうことはできないらしい。

本気で強くなろうと賢者学校の門を叩いた者だっているだろう。ならば、シヴァもできる限り本気で相対することで礼儀を示すまで。

「それにしても、向こうは森で、こっちは岩山か。こりゃ、貧乏くじを引いたかな？」

「……？」

シヴァの言葉に首を傾げるセラ。

「ん？　あぁ、簡単に言えば、向こうはいくらでも隠れられる場所があるのに、こっちは隠れるところが無い上に最初から囲まれてる状態ってこと」

地の利とは、戦場で最も重要視すべき要素の1つ。この演習場は隠れる場所が無い巨大な岩山を森が取り囲んでいるような地形だ。

エルザたちは森に身を隠しながら接近、四方八方からシヴァたちの初期位置を襲撃出来るのに対し、彼らの常識で考えればシヴァたちに有効な手立ては無い。

おそらくアランあたりの差し金だろう。

「多分連中は今頃、試合開始前まで待機ポイントである森から出ないように岩山を取り囲んでるんじゃないのか？　……ほら、噂をすればそこの樹に3人いる」

「っ!?」

「おひょっ!?」

シヴァの眼に映った1キロメートルは先にいるクラスメイト達を指さすと、セラは驚いてシヴァの体にしがみつく。

　小柄で細い体つきながらも柔らかく、優しくて甘い良い匂いが顔のすぐ下から漂ってきた。これはある意味、４０００年前に体験した極限の戦いよりも危険な状況だ。

「あー……一応まだ開始前だし、攻撃してこないと思うぞ？　あと、いつまで抱き着いて……」

「っ!?」

「あ!?　いや!?　怒ってるわけじゃなくて!?」

　自分のしたことを自覚して顔を真っ青にしながら飛びのくセラに慌てて言い訳をするシヴァ。どうしてお前のことは俺が守ってやる……みたいなセリフを言えなかったのか。シヴァはセラの気を惹くチャンスを逃した。

『ただいまより、野戦演習を開始する。両班、状況開始！』

　項垂《うなだ》れるシヴァを追いやるように、プーッ！　という試合開始の合図が鳴る。

　それと同時に岩山を取り囲む森のあちこちから魔力の反応を感じ取ると、シヴァはなんでもないという風に呟いた。

「こっちを監視しながら各班員への通信を兼ねた魔法狙撃役が８人、中近戦に持ち込もうと岩山に近づいてきているのが９人、残りは魔力の反応が穏やかだから、支援要員ってところだな」

【分かるんですか？】

「大体は」

４０００年前に何度も体験したシチュエーションだ。よく、シヴァの命を狙いに来たどこぞの強者が徒党を組んで、必殺の陣形で取り囲んできたもの。

「まぁ、数も質も全然劣るけどな」

自分の体に傷を付けたいのなら、質も量もこの一億倍は必要だ。シヴァは慢心ではなく、個々の能力差を見極めた上での正確な評価を下す。

「炙《あぶ》り出すのは簡単だけど……森を燃やしたら流石に怒られるかな？」

４０００年前なら、邪魔な遮蔽物など全て焼き払っていたところだが、この森は学校の敷地内。燃やせば先日の測定器同様、備品を破壊したと認定されるかもしれない。

それはちょっと避けたいシヴァ。彼はこれでも優等生を目指しているのだ。

「んー……よし。連中も岩山の中腹まで登ってきてるみたいだし、狙撃手もこちらを射程距離内に入れたから、とりあえずこの邪魔な岩山をどかすだけにしよう」

「……？」

「セラ、ちょっと俺の背中にしがみ付いてな。足もほら、曲げて地面から離して」

一体何を言っているのだろうかと首を傾げるセラは、言われるがままにしゃがんだシヴァの背中にしがみ付く。

シヴァの広い背中には、セラの小さな体がすっぽりと収まる。両足を上げる彼女の足場に片手を添えて、これなら巻き添えにならないだろうと一度頷いたシヴァは、岩山そのものに手のひらを当てた。

　これから行われるのは、周囲にできる限り被害を与えないようにしつつ行われる、今のシヴァに出せる本気の一撃。

「《爆炎掌《テオ・プロジム》》」

　手のひらから伝わる灼熱は岩山の中心へと浸透する。まるで焼石のように瞬時に熱される岩山に、遠くからエルザたちの悲鳴が聞こえてきた。

　しかしそれで終わりではない。岩山の中心へと送られ、溜め込まれ続ける灼熱はやがて行き場を失い、爆発。標高500メートルは超えるであろう大岩は文字通り盛大に破裂した。

「きゃあああああああああああああああっ!?」

「な、何だ!?　い、岩山が爆発したぁ!?」

「は、破片が……破片が落ちてくるぞぉおお!?　うわああああああああああっ!?」

　木端微塵に砕け散る岩山。その巨大な岩のような破片もまた登山中だったエルザたち諸共《もろとも》飛び散り、無数に落ちる灼熱の隕石群のように森全体に降り注いだ。

　対象の内部に熱を送り込むことで発生する熱膨張で万物を内側から爆散させる魔法によって、灼熱に熱された巨岩が無数に森に降り注ぎ、木々やエルザたち1班を焼き潰していく。

　岩山が爆散するのと同時に上空へと跳躍したシヴァはその地獄絵図とも言える光景を目にし、着地後に背中のセラを地面に降ろしてからこんなことを口にした。

「おいおい、破片に当たっただけで死ぬのか？　ライルの時とは違って直接攻撃したわけじゃないのに……人のくせしてネズミよりデリケートな生き物だな、お前らは！」

「～～～っ」

「ん？　あれ？　どうした、セラ。地面に座り込んだりして」

災害に見舞われたのかと錯覚しそうな森の有様と押し潰された死体、そして盛大な爆裂に加えて高く跳躍してから落下するという、絶叫アトラクション顔負けの体験にセラの腰が抜けてしまったのだ。

「それにしてもあれだけ大口叩いておいて情けない。これしきで全滅するとは……飛び散った破片如きにまともに対処することも出来ないとはな。このくらいどうにかしろよなぁ、まったく」

生き残った者はいない。それでも嫌いとはいえクラスメイトだし蘇生してやろうと、シヴァはまず岩をどかすことにした。

「《隕合錬岩《アルルド》》」

飛び散った巨岩がシヴァの上空へと吸い寄せられ、一体化し、細部こそ異なるが、元の岩山の形となって再び鎮座する。

シヴァは炎魔法の適性しかないだけあって、他の魔法が使えないわけではないのだ。いくら苦手分野とはいえ、このくらいは簡単にできる。

『な、何だ⁉　今の大規模な地属性魔法は⁉』

『ひ、1人であれほど巨大な岩山を再構築したというのか!?』

『地属性魔法に長《た》けた魔術師が数十人規模で時間をかけて行うような大魔法だぞ!? シヴァ・ブラフマンは何者なんだ!?』

もっとも、森の外にいるアランたちは遠見の魔法越しに大騒ぎしているが。

(この程度、基礎中の基礎だろ。大げさな連中だな)

そしていつものように騒ぎ立てる外野の言葉をそう解釈したシヴァは、《生炎蘇鳥《フェニクス》》で22人を纏めて蘇生させる。

一体何があったのか、しばらく思い出せずに呆然とした彼らだったが、シヴァの姿を見て何があったのか理解したのか、全員が引き攣った表情を浮かべて後退《あとずさ》る。

「それで? 確か模擬戦のルールじゃ、班のリーダーを倒すか、班員の半数を倒すかで勝ちなんだよな?」

「ひっ!?」

「く、来るな……!」

それを見たシヴァは思わず憮然《ぶぜん》とした表情を浮かべる。

「そんなにビビらなくたっていいだろ。確かに俺はやりすぎたかもしれないけど、お前らがプリンみたいに柔《やわ》い体してるのも悪いと思わないか? ちょっと石ころが当たっただけで死ぬなんて……仮にも戦闘訓練施設の生徒だろ? いくらなんでもか弱すぎるんじゃないのか?」

「い、石ころ⁉　大岩の間違いなんじゃ……」

両者の間にある大きな認識の違い。それに気付くことなく、シヴァがさも当然のように言ってのけたセリフに、クラスメイト達は慄《おのの》いた。

「……認めないわ」

ただ1人、エルザを除いてだが。

「名門アブロジウス家の教育を受けた私が……《滅びの賢者》に最も相応しいこの私が……あんな、あんな簡単にやられるわけが……！」

「いや、認めないも何も、実際に死んでたじゃん。ルールに則《のっと》れば、この決闘は俺の勝ちってことで――」

「そんなことあるわけがないじゃない‼　純血が混血に負けるなんてこと、絶対にあり得ないのよ‼　だからまだ勝負はついていない‼」

勝負がついたにも拘らず、エルザは自身の頭上に1メートルほどの魔法陣を描き、それを発動させる。

「《吸魔精《ドルイロ》》‼」

「エ、エルザ様⁉　何を⁉」

「ま、魔力が……魔力が吸われて……あ、あぁあああああ……！」

『エルザ・アブロジウス⁉　一体何を⁉』

周囲の生物から魔力を生命力ごと吸い取る魔法だ。彼女の班員は魔力も体力も吸い取られ、全員干涸《ひから》びたような表情を浮かべながら倒れると同時に、アランの制止を聞く様子もないエルザの体は他人から奪った魔力で漲《みなぎ》っていく。

「おいおい、お前の仲間だろ。酷いことをしやがる」

「ふんっ！　こいつらは単なる下僕よ。私の勝利のためならその命を使い捨てる程度のね。……と言うか、何であんたたちには効いてないのよ⁉　生意気な！」

「そんなこと言われても」

元々、《吸魔精《ドルイロ》》は術者より魔力総量が多い者には通用しない魔法だ。エルザよりも圧倒的に魔力が上の2人に、そのような魔法が通用する道理はないのである。

「くっ……！　どこまでもこの私をコケにして……！　でも、十分すぎる量の魔力は手に入れたわ！　この私の最強魔法で、跡形もなく消し去ってやる‼」

「……その魔法陣、《颶風水禍迅《オルガ・シュトロム》》か」

エルザの正面に浮かんだ巨大な魔法陣を見て、今回ばかりはシヴァも感心したような声を上げた。

「これこそが、我がアブロジウス家に伝わりし、4000年前の決戦魔法！　《破壊神》シルヴァーズを幾度も追い詰めた、水と風の最上級混合魔法よ！　混血雑種の分際で、よく知っているじゃない」

それは実際にこの目で何度も見てきたからだ。もっとも、魔法陣を見たのは一度だけだが。

「測定の時も今回の模擬戦の時も、あんたが使ったのは超強力な炎魔法。あれだけの規模の威力から察するに、あんたは炎属性にしか適性がないんでしょ!?」

個々人によって、炎・水・風・地・雷の5属性の適性がある。中には5属性全てを操る者も居るが、2属性から3属性の適性があるのが普通だ。

しかし中には1つの属性しか適性のない者もいる。他の属性の魔法が使えないというわけではないのだが、適性のある者と比べれば遥かに劣るのだ。

しかしデメリットしかないというわけでもない。適性が1つに絞り込まれて対処されやすくはなるが、その分魔法の威力や精度が上がったりもする。

エルザはその観点から、シヴァの適性が炎属性しかないことを自慢気に見破ったのだが、当のシヴァは少し首を傾げるだけだった。

(あっれー？　属性適性を絞り込まれるほどに強い魔法を使った覚えもないんだけどなぁ)

あんなに手加減したのに……そう思い込んでいるシヴァに、エルザは嗜虐心《しぎゃくしん》に満ちた表情を浮かべる。

「ならもう分かるわよねぇ？　魔法の撃ち合いが苦手な炎属性魔法で、更に炎が苦手とする水と風の最上級魔法をどうにかできるわけがないってことくらい！」

エルザの自信の根拠は正しい。破壊力と殺傷力が高い炎魔法だが、他の属性の魔法と撃ち合いになるのが苦手なのは、シヴァも嫌というほど知っている。特に火を消し、吹き飛ばす水と風は鬼門中の鬼門なのだ。

……だが、しかし。それでもシヴァの表情には焦りはなかった。

「さぁ、私に歯向かった愚かさを、後ろにいるチビ諸共地獄で後悔なさい。……《颶風水禍迅《オルガ・シュトロム》》!!」

大量の水を纏った竜巻が、まるで獲物に襲い掛かる蛇のような軌道を描いてシヴァたちに迫る。

(やばいな……こんなに威力のない《颶風水禍迅《オルガ・シュトロム》》は初めて見た)

この魔法が、炎魔法が得意で《破壊神》と呼ばれていた時のシヴァ対策に編み出された決戦魔法なのは事実だ。しかしそれは大魔力によって、大海を巻き上げる大嵐のような規模と威力があってこそ。

こんな小さなつむじ風と水ごときで倒されるようなら、シヴァは4000年前に容易く死んでいた。そう思っていると、風によって揺らされたシヴァの前髪が鼻をくすぐり、そして出てしまった。

「へっくしょんっ」

局所的な太陽表面爆発《フレア》にも匹敵する、《滅びの賢者》のクシャミが。

シヴァの鼻と口から放出された爆風と閃熱は水を纏う竜巻を容易く蒸発させ、エルザたち第1班は跡形もなく焼失。森を半月状に焼き払った。

「どうしてクシャミしただけで勝手に死んでんの!?　まったくもう」

『し、試合終了！　勝者、第２班！』

もう一度22人を纏めて蘇生させると同時に、アランが慌てて試合を止めてこれ以上の被害の拡大を抑える。１班の殆どが気絶していたり、ブツブツと何かを呟きながら呆然としたりしている中、高すぎる自尊心で唯一正気を保っているエルザにシヴァは近づく。

「俺の勝ちだな。賭けの話をしようじゃないか」

「……何のことよ？　そんなの私は知らない」

その台詞《せりふ》にはシヴァも眉を顰《ひそ》める。これでは決闘を受けた意味がなくなってしまう。

「お前、それはねーよ。約束１つくらい守ってくれよ」

「ふんっ!!　どうしてアンタみたいな薄汚い混血雑種との約束を守らなきゃならないのよ？」

どうやら約束を完全に反故《ほご》にするつもりらしい。しかし、そうなればシヴァにも考えがある。

「本当の本当に約束を守るつもりはないと？」

「しつこいわよ！　こんな決闘ただの戯《たわむ》れよ!!　アンタたちに割く労力は欠片《かけら》もないの!!」

「それじゃあ仕方ない……強硬手段をとるとしよう。《火焔令紋《メギアス》》」

シヴァはエルザの首元に指を向け、魔法を発動させる。すると、エルザの首を巻きつくように赤い紋様が刻まれた。

「な、何をしたのよ!?」

「なんてことはない。今から俺の言うことを叶えなかったら、お前が死ぬ魔法をかけただけだ。

死の苦痛をもう一度味わいたくなかったら俺に従うんだな」

「……はっ。何言ってるのよ、そんな高度な呪術を魔法陣や道具も無しに使えるわけがないじゃない。何度も言うけど、私はアンタに従うつもりはぎゃあああああああああああっ!?」

シヴァの命に背いた瞬間、エルザの全身が激しく発火し、全身が焼失。シヴァは呆れたように息を吐きながら蘇生魔法を発動した。

「だから言ったろ。賭けの報酬を払わなかったら、何度でも死に続けるぞ」

「……が、はぁ……ぐぅっ」

流石に現状を理解したのか、エルザは睨みつけながらも黙ってシヴァを見上げる。

「現状を理解出来たみたいだな。で、賭けの話の続きなんだけど……」

「な、何よ!? 私が美しいからって、まさか奴隷にでもしようってんじゃ……!?」

「いや、普通に要らない。性格悪そうだし、別に美人でもないし」

エルザは般若のような表情を浮かべるが、シヴァはそれを無視する。

「お前、この学校の生徒間じゃ結構幅を利かせてるんだろ？　だったらさ、もう二度とセラに対するいじめが起こらないよう、全力で取り計らえよ」

本当は土下座の一つでも強要したいところなのだが、心の籠《こ》もっていない謝罪など意味がない。ならばこの賢者学校で学長の娘として教師もまともに逆らえない力を持つエルザには、もう二度とセラにいじめの手が伸びないようにしてもらった方が良いだろう。

……しかし、そんなシヴァの要求に対してエルザは憤怒《ふんぬ》の表情を浮かべる。

「はぁっ!?　どうしてこの私がそんな面倒なことをギャアアアアアアアアアアアアッ!?」

再びエルザの全身が燃え尽きる。シヴァは溜息をつきながら蘇生魔法を発動した。

「一度言った程度じゃ分からないか？　お前が俺が提示した要求に応え続けない限り、いつでもお前の体を炎が焼き尽くすぞ？」

「う……ぐぅ……！」

「そういうわけで、よろしく」

言うだけ言って踵《きびす》を返そうとするシヴァ。そんな彼の背中と義姉の姿を見比べ、最終的にはシヴァを追いかけ始めるセラを悔しさと恐怖の涙を流しながら睨みつけるエルザは、最後の抵抗とばかりに叫んだ。

「何なのよ……何なのよ、あんたは！　何であんたみたいな規格外がこの学校に入学してきたのよ!?」

「何でって……昨日言った通り、友達欲しくて通い始めたんだよ。それに規格外って何だよ、俺は別にそこまで言われるほど大層なことはしていないぞ？」

自覚のないシヴァの一言に、ついに怒りまで湧いてきたエルザは唾を飛ばしながら糾弾する。

「大層なことはしていない？　笑わせるんじゃないわよ!!　岩山を崩したり測定器を壊したり、顔色一つ変えずにクシャミだけで人を大勢殺したと思ったら今度は御伽噺《おとぎばなし》の中でしか語られない蘇生魔法を使う？　そんな学生が、この時代のどこに居るって言うのよ!?」

「……え？　お、御伽噺？　蘇生魔法くらい、そこらへんに転がってる魔法じゃ……？」

なんとなく感じていた周囲との認識の違い。それをエルザによって正され始めたシヴァは、初めて狼狽《うろた》えたような表情を浮かべた。その表情はどこか迷子の子供のようであると、セラはそういう印象を強く受ける。

「そんなわけないでしょうが!!　あんたみたいなのはね、規格外通り越して異常で異質な存在って言うのよ!!」

恐怖と怒り、4000年前にシヴァに向けられていた感情を視線に宿して、エルザは叫ぶ。

「学校から出ていけっ！　この化け物っ!!」

# 第三章

# 破壊神呼ばわりされた村人の学園生活は、前途多難らしい

# 1

「これはどういうことだ!?」

賢者学校の会議室で、提出された被害に関する資料を目に通し、1人の教員が強《したた》かに机を殴る。

「魔力測定場が大破、魔法威力測定用ゴーレム消滅に、第2野戦演習場は4割以上が焼失した……!?　しかもクシャミでって……」

「シヴァ・ブラフマン君と対戦した1組1班の生徒の殆《ほとん》どは精神的ショックで錯乱状態……復帰には時間が、最悪トラウマが消えない可能性がある……。アラン先生、これは流石《さすが》に出鱈目《でたらめ》なんじゃ……!」

「出鱈目ではありませんっ!!」

とても一生徒の魔法演習によってもたらされたとは思えない被害に殆どの教員たちがアランの言い分と資料の信憑性《しんぴょう》を疑っていたが、その光景の一部始終を見ていたアランは己の眼に映ったものは断固として事実であると主張する。

「当初は、入学試験での出来事は全て幻覚であると思い、入念に幻覚対策の魔法を施しました。しかし、実際には幻覚などではなく被害は本物。その証拠が今、第2野戦演習場の惨状と生徒たちの状態ではないですか!」

そう言われて疑っていた者たちも押し黙るしかなかった。嫌な沈黙が流れる会議室で、1人の教員がポツリと呟《つぶや》く。

「あの……シヴァ・ブラフマン君はよくセラ・アブロジウスと行動を共にしていると聞いたのですが……もし彼の力が本物だとして、セラ・アブロジウスのこれまでの待遇を知ったら、どうなるんでしょうか……？」

それはこの場にいる全員が思い描いた、最悪のケースだ。

経緯など彼らが知るよしもないのだが、どうやら2人が親しい間柄であるということくらいは察せられる。これでもしセラがこれまで自分に降りかかってきたいじめや迫害に関することを全てシヴァに伝えたらどうなるのか……いや、それ以前にもう伝わっている可能性の方が高いと、誰もが理解出来ていた。

一般的な倫理観から考えれば、友人を虐げる輩《やから》を許容する者は居ない。事と次第によっては、シヴァは怒りの矛先を生徒たちに……ひいては、いじめを許容した教員たちに向けるだろう。

「ど、どうすればいいのだ!?　こんな化け物に暴れられれば、我々には対処する術《すべ》がないのだぞ!?」

「今は大人しくしているが、一体いつ我々に牙を剝《む》くか……！」

「やはり、入学など認めるべきではなかったんだ……今からでも遅くはない、彼の退学手続をして追い出した方が」

「そ、それは早計過ぎませんか!? もしそれで恨みを買えば、それこそ我々の身が……!」

たかが若造、たかが生徒と侮って入学を許した男が、実はとんでもない存在だったことに、教育者たちは生徒よりも我が身の安全で頭が一杯になり、問題解決に思考を回す余裕もない様子だ。

「鎮まりたまえ」

そんな彼らを静かな声で一喝したのは、シヴァの入学を許した張本人であるマーリスだった。

「ですが学長、一体どうするおつもりなのです!? いや、そもそも貴方《あなた》が彼の入学を許可し、ご息女の待遇を容認しなければこのようなことには!」

「鎮まれと言っている」

これまでの自分たちの行いを全て棚に上げ、一斉にマーリスを責め立てようとした教員たちを、マーリスは全身から魔力を放出させながら威嚇することで黙らせる。

学術都市及び、賢者学校の最高権力者にして最強の魔術師。今この場に居る魔術師全員で立ち向かっても敵《かな》う相手ではない男の言葉は重かったのか、出掛かった非難の声は収まった。

「確かに私は彼を見誤った。それは認めよう。しかし、それでも一切問題はない」

マーリスは怪訝《けげん》そうな教員たちの顔を見回すと、自信に満ちた表情で告げる。

「しばらく時間を頂く。そうすれば、私が彼を処理することを約束しよう」

## 2

波乱万丈の模擬戦が終わった日の放課後。フラフラと頼りない足取りで屋敷に戻ったシヴァは、自室の壁際で体育座りをしながら項垂《うなだ》れていた。

「まさかあの程度でやりすぎって怖がられるなんて……しょうがないじゃんか、あのくらいの魔法使っても、俺がいた時代じゃ本当に大したことじゃなかったんだから」

若干、不貞腐《ふてくさ》れてもいた。今回のエルザの言葉ばかりは流石に傷ついたのか、学校から帰ってきてからずっとこのままなのだ。

「そりゃあまぁ？　ケガさせたり死なせたりしたのは、ちょっとは悪かったと思ってるけど？　あんなんすぐに蘇生させればオールオッケーじゃないのか？」

４０００年前、人里が恋しくて街まで忍び込んだときに盗み見た戦闘訓練では、組手相手が死ぬまで戦闘を続け、その度に蘇生させていることも珍しくはなかった。

「測定器壊したのは悪いことしたって思ってるけど、俺はあくまで手を抜かずに真面目に測定しようと思っただけだし。それにあんな岩くらい、すぐに直せるんだからちょっと壊したって問題ないだろ。なのに大袈裟《おおげさ》に騒ぎ立てて……」

４０００年前ならもっと大きな岩山を木端微塵にする者もいたし、そうした実力者は周囲から称賛の視線を浴びせられていたのだ。当時は同じことをしても呪いのせいで怖がられてばかりだったシヴァは、褒めたたえられる者が羨ましくて、良いところを見せようと頑張った結果が、4000年前と同じく周囲からの恐怖の視線。

個人的には愚痴の一つでも言いたくなって当然だ。自分なりに精一杯真面目に授業に取り組んだだけ。それでいてやりすぎにならないように手加減したし、できる限り周りに配慮して甲斐甲斐《かいがい》しく蘇生したりした。

「無事に蘇生できるよう、魂までは燃やしてないんだからいいじゃないか……測定器だって本気でやっていいって言うから本気でやったし、それでも壊れないように注意だってしてたんだぞ」

魂まで焼失すれば、蘇生魔法も意味を成さないのだ。シヴァとしては全員何の問題もなく蘇生できた時点で十分手加減できていると思っていたし、そんな自分の心遣いは向こうにも伝わっていると思っていた。

しかし、それはシヴァの思い込みに過ぎなかった。その結果、周りに配慮していたはずの自分に向けられたのは、4000年前に嫌というほど向けられた、恐ろしい化け物を見るかのような被害者の視線。一番シヴァの心を傷つけてきた眼差しだ。

「……本当は俺だって言われて納得したんだよ。4000年も経って平和な時代に、俺みたいな大戦経験者の感覚が合うわけがないって」

そこでシヴァの愚痴が止《や》み、これまでの自分と周囲のズレを正確に認識し始めた。

いうなれば、完全にジェネレーションギャップというやつなのだ。力で平和の道を切り開いた英雄ですら、泰平の世になった途端に裏切ったときの脅威を好き勝手に想定されて、手のひらを返されるのが人の世。

シヴァのようになんの功績もない人間が時代の基準を大幅に超えた力を見せつければ、それは大衆にとって不倶戴天《ふぐたいてん》の敵となんら変わりはない。

よくよく考えてみれば当たり前だったのだ。いつその力がこちらに向けられるかも分からないのに、どうして人々が心を開けるだろうか？

しかもシヴァの場合、実際に力を向けまくってしまったのだから言い訳のしようもないのである。

「あそこまで言われれば気付くさ。悪いのは俺だよ。この時代への理解を深めようとしなかった俺が悪い。でもあれ以上、どうやって手加減しろって言うんだよ」

先に言っておけば、周囲にどう受け取られようとシヴァは本当に手加減に手加減を重ねていたのだ。そうでなければ今頃この学術都市は炭の荒野と化している。

しかし、シヴァがどう思おうと、周囲はシヴァのことを傍若無人な問題児とでも見るだろう。シヴァは自分が理想としていた学校生活と、リア充への道程がガラガラと崩れていくのを実感した。

「……でもまだ大丈夫。４０００年前と比べたらまだ大丈夫なはずだ。だって話が通じるだけ大進歩じゃないか」

部屋の隅っこで体育座りをしていたシヴァは、両膝を抱える腕に力を込める。

この反省と愚痴、そして自己暗示は、呪いを掛けられてから10年間、シヴァが体ではなく心が傷ついた時によく行っていたものだった。

人に近づくだけで攻撃された日。誰かに話しかけるだけで泣きながら逃げられた日。どんなに誤解を解こうとしても話が通じなかった日。呪いの解呪が遅々として進まないと嘆いた日の夜には、こうして自分自身に言い聞かせて明日の励みとした。

「呪いが解けて、新しい自分に生まれ変わったんじゃないか。そうだろ……？　シヴァ・ブラフマン。これからは気を付けて、生きて諦めなければなんとかなる。まだ全部が終わったわけじゃないんだから、大丈夫だ」

どんなに超越した存在になり果てたとしても、彼はまだ17歳の若者だ。傷つく時は傷つくのである。

400年前の人々とエルザが口にした、今日まで自分を散々傷つけてきた〝化け物〟という言葉を頭から追いやって、また明日もポジティブな気持ちになれるように何度も「大丈夫」という言葉を繰り返していると、部屋のドアがゆっくりと開いた。

「……セラ？　どうかしたのか？」

「…………」

銀のように薄い灰色の髪を揺らしながら、ホワイトボードを胸に抱きしめたセラはゆっくりと近づいてくる。

(そういえば……セラは普通に俺の後ろに付いて帰ってきてたな)

エルザの言葉が割とショックで、呆然としていて声を掛けられなかったが、クラスメイト達が感覚的にも物理的にも距離を取ったのに対し、セラだけはいつもの距離を保っていた。

【?＊—¥；。＠＋】

「どうした？　魔道具使ってるのに言語が凄く不安定だぞ」

そんなことを考えていると、セラのホワイトボードに言語になっていない文字の羅列が浮かび上がる。頭の中でも伝えたい言葉が全く纏《まと》まっていない証拠なのだろう……アタフタとした様子でなんとか言葉を絞り出そうとしているようだが、結局何も思い浮かばなかったのか、セラは床に膝をついてホワイトボードを脇に置いた。

「えーっと、結局何の――――」

用事だ……そう問いかけようとしたシヴァの頭に、セラの小さな手が乗せられた。そして指で髪を梳《す》くように、ゆっくりと優しく撫《な》でられる。

一体何事かと思わず呆然としていると、子供のように小さな手のひらと細く短い両腕が、シヴァの頭をセラの胸元へと抱き寄せた。

「…………もしかして俺、模擬戦の時のことで慰められてたりする？」

「…………」

セラは頷《うなず》き返すこともしなかった。今でもシヴァの何気ない言動に顔を青くして怯《おび》えることがあるセラからすれば、なけなしの勇気で取った行動なのだろう……答える余裕もないのだろうが、それ以上に行動が言葉以上に意味を雄弁に語っていた。

7歳の時から、シヴァは誰にも苦悩を打ち明けたことがない。本来ならばそこにいるはずの母や父にも頼ることができず、全ての感情を自分1人で処理してきたのだ。

しかし、呪いを受ける前なら、このような感覚に覚えがある。今となっては朧《おぼろ》げな記憶だが、それは確かに、シヴァを怪物と見間違える前の父母の手と胸の感触だったように思う。

「……やっぱり、お前は優しい奴だな」

普段ならもうちょっと煩悩が前のめりになりそうだが、今回ばかりは素直に身を委ねることが出来たシヴァは、氷が融《と》けだしたかのように心が軽くなり、そのまま口まで軽くなってきた。

「なぁ……だったら慰めついでに愚痴でも聞いてくれないか？　今まで色々あったんだけど、誰にも愚痴った経験なんてないんだよ」

「…………」

小さく頷くセラ。そこからシヴァは、自分が伝説に語られる《破壊神》であるということを含めて所々の詳しい事情を伏せながら、月明かりが浮かび上がるまで色んなことを語り明かした。

つい最近までこの身に巣くっていた呪いのせいで、両親だけではなく出会う人々全員から魔物扱いされていたこと。

生きて無事に呪いを解呪するために旅に出たは良いものの、行く先々で殺されそうになったこと。

窮地を切り抜ける度に、より強い奴が自分の命を狙ってきて、それが延々と繰り返されたこと。

弱いままの者が悪で、勝者だけが生きる権利を得るような世界で生きてきたこと。

死にたくない。ただその一心のみで、必死になって強さだけを求めなければならなかったこと。

そして……辿り着いたその先には何も無く、ただ孤独と敵だけしか待っていなかったこと。

今まで本当は誰かに聞いてもらいたかったこと、少しでもいいから自分は悪くないと言って欲しかったこと、それらをあらかた吐き出すと、シヴァは少しすっきりした表情を浮かべる。

「まぁ、俺の話はこんなもんだな。世の中には俺より悲惨な奴がごまんと居ると思ってやってきたけど……うん、やっぱり、誰かに慰められるってのはいいもんだなぁ。ちょっと前まで、見知らぬ子供が母親に慰められるのを見て妙な気持ちになったもんだけど……そうか……あれは羨ましいと思ってたんだな」

「…………」

セラの両腕に力が籠《こ》もる。それを感じたシヴァは苦笑してから、長い前髪の奥に見え隠れする翡翠《ひすい》色の瞳を見上げて、何時《いつ》ものように笑って見せた。

「大丈夫だ、セラ。お前のおかげで、俺はもう大丈夫。明日も俺は、頑張っていくから」

窓から差し込む月の光が、孤独だった少年と少女をいつまでも照らしていた。

## 3

アブロジウス公爵邸。その当主の執務室では、エルザの金切り声が響いていた。

「どういうことですか、お父様!?　どうしてこの私をあそこまでコケにしたシヴァ・ブラフマンを退学にできないのです!?」

「落ち着きなさい、私のエルザ。せっかくの可愛《かわい》い顔が台無しだよ?」

今にも机を叩き割らんばかりに詰め寄るエルザを前に、マーリスは平然とした様子だが、その態度が余計に気に食わないエルザは完全に頭に血が上ってしまい顔を真っ赤にする。

「そんなことを聞きに来たんじゃないわ!　シヴァ・ブラフマンを学校から追いやるという答えを聞きに来たんです!　お父様もお聞きになったはずでしょう!?　あの男が一体何をしたのかを!」

「もちろん聞き及んでいる。私は何もシヴァ・ブラフマンを退学にしないとは言っていない……ただしばらくの間待ってほしいと言っているだけだ」

「嫌です!　今すぐ退学にしてください!　あんな男が1秒でも長く私の縄張りにいること自体が我慢できないのです!!」

マーリスの言葉に納得がいかないエルザはギャーギャーと騒ぎ立てる。そんな娘の姿を見ても変わらず穏やかな笑みを浮かべるマーリスは、誰にも聞こえないくらい小さな声で呟いた。

「…………が」

「？　お父様？　今何か言いました？」

「いいや、何も言っていないよ？」

娘を安心させるように、その肩に手を置くマーリス。

「とにかく、後はお父様に任せなさい。大丈夫、必ずエルザが納得する形で収めるから」

「絶対ですよ？」

どこか納得していなそうだが、自分を養い、甘やかす父親にいつまでも逆らうのは得策ではないと考えたエルザは一旦この場を退く。

エルザが廊下に出て、パタンと扉が閉じられるのと同時にマーリスは椅子から立ち上がり、窓から、当主にしか入り口を開くことができない中庭を俯瞰《ふかん》した。

「学生の範疇《はんちゅう》にはとても収まらない、途方もなき実力者か……面白い。それでこそ、コレの試し甲斐があるというものだ」

マーリスの執務室には、剪定鋏《せんていばさみ》などの園芸用の道具がある。草木と花壇、中央の石造りの屋根付きテーブルで彩られた中庭は、上から見れば巨大な魔法陣に見えた。

# 4

一方その頃、シヴァはというと。

「あぁあああああああっ⁉　セラ！　セラー！　洗剤が、洗剤が爆発したー！」

「⁉　⁉」

シヴァは家事練習の一環として洗濯をしている際、洗剤を爆発させて床と壁を真っ白に染め上げていた。

泡だらけで涙目になっているシヴァを見て「一体何をどうすればそうなるのだろう」とセラは心底不思議そうに首を傾げ、彼にホワイトボードを見せる。

【私が掃除しておきます。先にお風呂に入ってください】

「す、すまん……まさかこんなことになるだなんて……」

「…………」

こと破壊と戦闘以外はてんでダメなシヴァに呆れた様子も見せず、セラは首を左右に振る。今日一日だけでも、今までしてこなかったこと、不得意なことを克服しようと、これと同じような惨事を五回以上は繰り返しているのだが、なんだかんだ言って付き合ってくれるらしい。

（……むぅ。やはり、良い女だよなぁ）

先日の夜、セラが見せた意外な包容力に思わず惚れ直してしまったシヴァは、今までにも増してセラのことをよく知ろうとしていた。

今までは正直、外見上の好みでしか見ていなかったのだが、中身のことまで知ろうとしているあたり、シヴァの本気具合が窺《うかが》えるだろう。

(だからこそ、ますます分からないんだよなぁ。何でセラはこうもいじめに遭ってるんだ?)

学校で受けるいじめの理由は分かる。どうせエルザあたりが唆したのだろう。学長の娘ともなれば、教師も黙認するどころか加担するのも分からないでもない。

しかし、なぜセラは家族にまで虐げられなければならないのか。性格に問題があるわけでもなし、仮にも公爵家の娘が、あんな死にかけの浮浪児みたいになるまで追いやられる理由が分からない。

「なぁ、セラ。言い難かったら別に言わなくていいんだけど、お前って何でエルザに嫌われてたの?」

「…………」

直接聞くのもどうかと思ったが、好奇心が抑えきれずについつい口にしてしまった風呂上がりのシヴァ。セラは少し俯いて答えるのを躊躇《ためら》ったが、世話になった手前何時までもそのあたりの事情を明かさないのも不義理だと感じ、ホワイトボードをシヴァに向ける。

【……子供の頃は気付かなかったですが、父が純血思想に染まってたみたいで、実母が死んだ後

に今みたいな関係になりました】

「また純血云々か」

シヴァもエルザやライルの言い分が気になり、少しそのあたりの事情を調べてみた。

エルザの言う通り、２０００年前から5人の英雄の転生体が純血の者であるという考えが根強く、それに伴って英雄の転生者である可能性のある純血の者が特権を主張するようになったという、いわゆる社会問題の一種だ。

予言以前……大戦終結から2000年の間は、《破壊神》討伐によって全種族が一致団結し、その影響もあって異種族同士の結婚が増加、多くの混血が生まれたのだが、今になって現れた純血に拘《こだわ》る思想は過激の一言に尽き、多くの諍《いさか》いや問題を起こしてきた。

純血主義者は今はまだ少数派だが、貴族など気位や地位の高い者に多く、解体しようにも非常に厄介な問題となっているようだ。

【私より先に同学年の純血の義姉が生まれてましたから、父は母と結ばれる前には既に純血主義だったんだと思います】

「なるほどな……それで精霊と人間の混血のお前が、お袋さんが亡くなるのを機に隠れ純血主義だった親父に虐待されるようになったってわけか」

【……私が精霊と人間の混血だと、知っていたのですか？】

「魔力を見れば分かる」

霊などと実体が無いように言うが、精霊は自然物に魔力が凝り、受肉した存在だ。個体によって蛇や鳥、木に魚と、人類種のように一定の姿形を持たないが、人に近い見た目の精霊は肉体構造も人のそれに近く、交配が可能なのである。

【母は精霊でも、他国の偉い人の下にいたみたいで、生きている間は父も表立って蔑《ないがし》ろには出来なかったんだと思います】

「なるほど。でもそのお袋さんも死んで、残ったのは他国への連絡方法も分からないセラ1人だけだから、これ幸いとオープンにしたってわけか」

それでも疑問が残る。

あんな公に他国の権力者の縁者の娘を虐げておいて、母親がいる間はその片鱗《へんりん》すら見せなかったのは不自然な話だ。これでは母親が生きていようと生きていまいと関係ないだろう。

なんらかの変化があったという考えの方が自然だ。予想できる範囲では、他国の権力者を恐れる必要がなくなったといったところか。

(そういうパターンだと、恐れる相手が死んだか、恐れる必要がないくらいの力を得たかのどちらかなんだよな)

シヴァは厄介事の予感に気を引き締め直した。最終手段である、権力とか厄介なもの全てを物理的に灰燼《かいじん》に帰すという手札を切るときは、案外近いかもしれない。

# 5

模擬戦からしばらく経ってからも、シヴァの友達作りは全く進展がなかった。

『おい……シヴァ・ブラフマンだ。さっさと逃げようっ』

『野戦演習場を魔法一発で半分焼き尽くしたんでしょ？　しかも破壊不可能のミスリル製ゴーレムまで』

『俺、編入試験で、《滅びの賢者》の有力候補だったゼクシオ家のライルが殺されてるとこ見た……しかもその後生き返らせて、もう1回殺してた。それの繰り返しを……』

『嘘だろ……？　蘇生魔法なんて実際にあるのか？　御伽噺《おとぎばなし》の中だけだと思ってた』

『1組のエルザを含めて、クラスメイトの殆どを2回殺して生き返らせたらしいぞ？　そんなおっかない奴が、何だってこの学校に……』

『名門ゼクシオ家の麒麟児《きりんじ》と謳《うた》われたライルも精神的に再起不能になって引き籠もったらしいしな。1組の半分は今でも登校拒否になってるし、これからこの学校はどうなっちまうんだ？』

全く嘘や誇張のない悪評が全校に広まっているからだ。事実1組の半分近くが不登校になっているし、担任であるアランは責任を問われて数日でゲッソリとやつれていた。

「……くっ。この視線、凄く身に覚えのある懐かしさを感じるぞ」

無論、悪い意味である。悪意ではなく、恐れの針の筵《むしろ》といった視線に晒《さら》されて居心地悪そうにしているシヴァを見上げながら、セラはここ最近の変化を思い返していく。

『いつもシヴァの隣にいる雌ゴブ……じゃなくて、セラも実はやばい奴なんじゃ……？』

『ちょっと止めてよ！　あんなのタダの腰巾着やってるだけでしょ!?　もしそうなら、何時仕返しされるか分かったもんじゃないわ！』

『でも何であのシヴァといつも一緒に居るんだ……？　登下校も一緒だし……』

一番変化があったのは間違いなくセラの学校生活だ。まずいじめ自体がなくなった。

皮肉な話だが、生徒どころか教師からも畏怖の視線を集めているシヴァと常に行動を共にしていることに加え、賭けの代償としていじめの収束に注力せざるを得ないエルザの影響も大きいのだろう、徹底的な敗北を喫したとはいえ、彼女の威光は健在である。

そのおかげでセラも妙に周りから怖がられるようになったが、それでも以前よりかは遥かにマシ。……シヴァが恐れられている現状から生まれた結果なので、素直に喜ぶことは出来ないのだが。

「あー……腹減った。セラ、今日の晩飯って何？」

【特に決めてないです。何か食べたいものはありますか？】

「そうだな……とりあえず商店街見て回りながら決めるか」

近頃セラは、今まで感じたことがないくらいに穏やかな日々を過ごしていた。

朝はシヴァより早く起きて朝食を作り、毎日美味《うま》いと褒められながら、こそばゆい思いと共に過ごし、学校が終わればシヴァと共に商店街を歩き、家事ばかりさせて悪いからと購入した荷物を持つシヴァの隣を歩き、夜になれば温かな夕食と湯船に浸《つ》かり眠る。

家事全般が苦手なシヴァでもなんとかできる洗濯物干しや草むしりをハラハラした気持ちで見守ったり、時にはシヴァがどこからか購入してきたボードゲームに興じたりする。

星を見上げてなんでもない談笑を繰り広げたり、散歩感覚で馬車で三日は掛かるくらい遠くの街まで出かけて夕方には戻ってきたり、焼き魚は得意だと言ってクジラほどの巨大魚を捕まえて丸焼きにしたシヴァと共に、近所にお裾分けしに回ったりもした。

時に平凡で、時に刺激的。そんなきっと誰もが味わっている日々は、セラにとって本当に夢のような時間だった。それこそ、いつまでも続けていたいと思ってしまうほどに。

（……だから）

この生活を終わらせなくてはならない。夢のような時間を与えてくれたシヴァを、今度こそ巻き添えにしないためにも。

惜しむように、噛《か》みしめるように、学校生活が始まって半月の間を過ごしたセラは、もう思い残すことはないと自分に言い聞かせ、正午にシヴァの館から姿を消した。

# 6

最近になって、ふと思ったことがある。

「俺とセラの関係って、もしかしてまだ同居人以上でも以下でもないのでは……？」

有り体に言ってしまえば、こんな悩みだ。しかしくだらないと馬鹿にすることなかれ、シヴァ本人にとっては深刻な問題なのである。

「どうしよう……もっと進展したいと考えてたのに、こっからどうやって踏み込めばいいのかまるで分からない」

下手に同じ時を、同じ場所で過ごし過ぎた。なんかもう関係が固まったような気がして、踏み込もうにも踏み込めないのだ。

「よし。本屋に行こう」

というわけで、シヴァは真っ先に本屋に直行した。

4000年前は悩みを打ち明ける相手も居なかったシヴァは、昔から悩み事があれば文献の類を当てにしながら生きてきた。

書かれていることの真偽はともかくとして、自分1人では答えが出せないことを解決する糸口にはなってくれる。

「このくらいでいいか……すみません、これください」

「は、はい！　全部で12万5980ゴルです!!」

「じゃあ、はい。12万……80ゴルっと」

「ありがとうございます！　またお越しくださいませぇー！」

館から普通の人間なら歩いて十数分。その距離を2秒で走破したシヴァは本屋でそれらしいタイトルの本を片っ端から購入。思わぬ収入を得てしまった店員は深々と頭を下げて、数十冊もの本を片手で持ち上げて店のドアをくぐるシヴァを見送った。

大物盗賊団から奪った資金のおかげで、シヴァはちょっとした金持ちだ。学校でこそ恐れられているシヴァだが、財布の紐《ひも》が緩い彼は、街の商売人たちからすれば上客で、学校とは正反対の対応をされることもある。

「……さて、と」

家で読むことはできない。いくらなんでも、これから距離を縮めようとしている相手が居る場所で参考書物に目を通せるほど、シヴァの神経は図太くはないのだ。

しかし、関係のない人間ばかりの場所でならその限りではない。広場のベンチの内の1つを完全に占拠しながらパラパラとページを素早くめくっていく。

音速すら止まって見える動体視力を誇るシヴァだからこそできる読書方法だ。周囲の通行人は積み重ねられた書物の隣に座るシヴァに奇異の眼を向けながら何事も無かったかのように通り過ぎ、時折見かける学校の生徒は怯えたように逃げだす。

「……いつか必ず、悪評を払拭してやる」

ちょっと涙目になりながら、シヴァは改めて決意する。このままでは本当に4000年前の二の舞になりかねない。

せめてセラとだけでも、クラスメイトからステップアップした関係にならなければ……そう考えながら再び本の世界に没頭する。

「流石にこれだけ買っても……ピンポイントで俺の悩みを解決する本は中々見当たらないな」

一番近くて遠いのは、『友達以上恋人未満からの脱却』という本か……だが今のセラとシヴァは友達と呼べるかどうかも少し疑わしい。

それでも諦めずに途中で投げ出すことなくページをめくっていき、読破した本が過半数に達した時、気になる一文を見つけた。

「……人間関係に行き詰まった時は直球勝負が一番。自分がどうしたいか、相手とどうなりたいかを包み隠さず伝えれば道は開けるでしょう……か」

これはリスキーな手段だ。確かに今のシヴァにはこれ以外の手段はなさそうだが、下手をすれば関係が余計にこじれそうだ。その証拠に、本にも「ま、下手をすれば余計にぎくしゃくしますけどね（笑）」と書かれている。

（笑って何だ、笑って……）

しかし、現状これしかない。少なくとも、嘘偽りなくセラと向かい合う必要があるということだ。

自分が彼女とどうなりたいのか、それを言葉にしなければ友人関係も恋人関係も始まらない。

……そして、そのために自分が彼女に何を告げなくてはならないのかも、理解できた。

本来なら墓まで持って行きたい隠し事だが、全てを隠したまま共に居続ければ、いずれ関係は破綻してしまう。それが早くなるか、乗り越えられるか、それだけの話だ。

(よし、行くか)

道は見えた。いずれは通らなければならなかった道。後は進むだけ進んで、その後どうするかはそのとき考える。

そういう結論に至ったシヴァは大量の本を紐で結んで担ぎ、道中でどう話を切り出すかを考えながら屋敷へと向かった。

「ただいまー」

広場から2秒で到着する。

館では今頃セラが掃除でもしているだろう……手伝えることを手伝って早く終わらせてから話し合おうと、意気揚々と扉を開けるが、普段なら出迎えてくれるセラの姿がどこにもない。

「……出かけてるのか？　すぐに帰ってくるかな？」

気合が空回った気分だが、いないものは仕方ないのでソファーに寝転がって待つことにし、そのまま眠りにつく。

……しかし、彼が目覚めた夜半になっても、セラは屋敷に戻っていなかった。

# 7

真円の月が浮かぶ夜。アブロジウス公爵邸では、領主と、領主が認めた者しか立ち入ることの許されない、魔法陣を模した中庭の中心にセラは居た。

一昔前の生贄《いけにえ》が着ていた袖のない薄い生地の服に身を包み、鎖で繋がれた小さな体をマーリスとエルザが嘲りと達成感に満ちた表情で眺める。

「素晴らしいわ、お父様！　まさかこの屋敷に、こんな秘法が隠されていただなんて！　この儀式魔法が成功すれば、私にもその力の一端が与えられるのでしょう!?」

「もちろんさ、私の可愛いエルザ。この力を手にすれば……」

「あの憎きシヴァ・ブラフマンを甚振《いたぶ》り殺せるわ……！　流石お父様、すぐに退学にしてしまったら、どこに行ったかも分からないシヴァをいちいち捜さなくてはならないところでした！」

その言葉を聞いても、セラに反応はなかった。……より正確に言えば、周囲の音はセラの耳に一切入っていなかったというのが正しい。

表情は感情が抜け落ちたかのように虚《うつ》ろで、目に光は宿っておらず、まるで精巧な人形か死体を思わせる様子だ。反応があるとすれば、僅かに動く視線のみ。

ただ、眠ることもできず視線を動かせる程度の意識だけが彼女に残されていた。

「一時は逃げたかと思いましたが、あらかじめ施しておいた魔法が役に立ちましたね」

「今日、この満月の日、この場所へ現れるように行動し続ける、魔力の痕跡を残さない暗示魔法。これには流石にシヴァ・ブラフマンも気付かなかったようだ。これで心置きなく儀式を執り行えるというものだ。……我がアブロジウス家がこの国の……やがては世界の頂点に立つための儀式を！」

両手を広げ、どこまでも優越感と恍惚《こうこつ》に満ちた表情のマーリスは、もはや何かに憑りつかれたかのよう。

魔法に関する知識が殆どないセラは、一体彼らが何をしようとしているのかを理解していない。ただ分かるのは、自分が魔法のための贄《にえ》であるということだけ。

「分かっているな？　今日、この日のためだけにお前を生かし続けておいてやったのだ。今こそその役割を果たせ」

「………………」

もちろん、この言葉もセラには聞こえない。しかし、なんとなくそう言ったのだろうということは理解出来る。セラの母が死んだ時からずっと言い聞かされてきたことだ。

セラの日々の全てが変わってしまったその日に暗示魔法を受け、この儀式の存在を知った。それを口外出来ないよう暗示によって魂に強制力を刻み込まれて。

だからセラはこんな日が来ることを理解していたのだ。知っていたからこそ、彼女はシヴァが留守にするギリギリのタイミングを見計らって、あの安寧の地から恐怖に満ちたこの場所へと戻ってきた。

（…………この魔法を止めてはいけない）

それはセラが望んだことではない……しかし、邪魔をすれば、如何《いか》にシヴァとて命は無いということを知っている。専門的な細かい知識としてではなく、幼少期からこの儀式魔法と繋がっていた身であるからこその理解によるものだ。

なぜならば儀式とは契約と同義。まして相手が強大であればあるほど、それを妨害した者の危険は増す。

魔法に疎いセラでも、この儀式魔法による契約相手のことは知っている。それはこの世界の誰もが恐れる、最悪の具現なのだ。

（きっと、助けてほしいと言えば助けてくれた。……でも）

だからセラは、今回の件についてシヴァに何も求めなかったし、何も話さなかった。来れば命がないと分かりきっている死地に、どうしてシヴァを送り込むような真似ができるだろうか？

自分がどれだけ勝手な決断を下したのかは理解している。大恩あるシヴァに、何も告げずに死ぬ贄となりに来たのだ。彼からすれば置き去りにされた気分だろう。

それでも……それでもシヴァに死んでほしくないと願うのは、そんなにいけないことなのだろうか？

「妙な期待はしないことね。この中庭には、隠遁《いんとん》の魔法が幾重にも張り巡らされている。誰もあんたを助けになんか来ないわよ」

そんなことは期待していない。むしろ安心したくらいだ。……これで、シヴァは巻き込まれずに済むだろうか。

義姉や実父の考えにまで理解が及んでいないが、それもなんとなく想像できる。だがシヴァならば……自分という守るべきものを失ったシヴァならば、逃げられるはずだ。

「さぁ、それでは儀式魔法《悪神降臨《ソロモス》》を開始しよう」

草木と石造りの通路で描かれた魔法陣が強い光を放つ。隠遁の魔法と屋敷の陰に隠されて外には漏れ出すこともなく、ただ中庭内部では人の身では到底発することの出来ない甚大な魔力が渦を巻いていた。

上空に幾重にも展開される魔法陣。それらが全て一体となり、魔力で構成された円形の門が出現する。

重々しい音を立てて左右に開かれるのは地獄の扉……その先には、竜の如《ごと》き角と翼を生やし、炎の衣に身を包んだ巨影が浮かび上がっていた。

「……っ……ぁ」

この魔力。この威圧。瞳を閉じてただ佇むだけでも分かる、圧倒的な格の違いにここに居る者たちは皆、しばし呼吸することすらも忘れた。

最強種……そう呼ばれる三つの種族が存在する。

一惑星に息づく全生命体の中で、唯一最強を名乗れる存在であるドラゴン。

《創造神》クリアや《闘神》イドゥラーダを筆頭とし、人々から敬われる存在である神族。

そしてその神族と敵対関係となっている、災厄と罪の集合体……悪魔。

「な、なんという魔力と迫力……！　これが最強の一角と恐れられる悪魔だと言うの……!?」

「あぁ……そして今日から、盟約に従い我らもその力を手にすることが出来る……！」

凄まじい熱波と飛び散る火の粉に腕で顔を覆いながら、エルザもマーリスも、禍々《まがまが》しい巨体に恐れながら魅了され目が離せない。それほどまでに、眼前の化生《けしょう》は圧倒的だった。

悪にして魔。外観からしても醜悪な気性をしていそうな炎の衣を纏う悪魔は、意外なことに臆する2人を前にしても泰然と構えている。それどころか、その表情には感情らしきものが見受けられなかった。

「お父様……これは」

「う、うむ……。どうやらまだ完全な現界《げんかい》には至っていないようだ。恐らく贄を与えることで意識を取り戻すだろう」

贄。その言葉に反応するかのように、悪魔はセラに視線を向ける。そのこと自体が、マーリスの推測に対する保証だった。

「ほ、本当に大丈夫なのですよね？　相手は悪魔……それも4000年前の伝説で恐れられている化け物ですが」

この世には人々が抱いた感情を糧として誕生する種族が存在する。その筆頭こそが神族と悪魔だが、その成り立ちもまた両極端だ。

救いに対する祈り。それに伴う信仰。豊穣《ほうじょう》や奇蹟への感謝。そういったプラス方面に属する数十億もの思想が大気中や生物から発せられた膨大な魔力と混じり合い、誕生したのが神族であるのに対し、人が犯す罪悪や未知への恐怖、戦乱や災害に対する絶望といったマイナス方面への思想が神族と同様に膨大な魔力と混じり合って悪魔は誕生する。

そして人智の及ばない力や状況、環境のうねり、それらに対する思想によって顕現した存在のためか、神族や悪魔は例外なく人の領域を遥かに逸脱した力……空を割り、地を裂き、生命《いのち》や時空すら操ることが出来るというのだ。

傲岸不遜《ごうがんふそん》なエルザでも恐怖を覚えるのは無理もない話だろう。負の思想より生まれた超常的な存在が、こちらに害を与えぬとは誰も思わない。

「……問題ないはずだ。神族や悪魔は、契約に縛られる特性を持つのだからな」

しかし、如何に強大とはいえ、彼らは人の主観によって生み出された存在だ。中でも悪魔は契約を順守し、契約を破るものは決して許さないというのが、人類の中でも普遍的な認識である。

「無事に贄を差し出せばこちらが望んだ通りの力を渡し、我々に害をなさないという契約を交わしている。悪魔でも……いや、悪魔だからこそ、この契約を違《たが》えることはできないのだ」

マーリスは前妻の死後に巡り合った眼前の悪魔の言葉を思い返す。魔道の頂に立つための方法を模索する中で、偶然悪魔どもが住まうという冥府魔界と通信することができたとき、マーリスが契約したのがこの悪魔なのだ。

――精霊との間に儲《もう》けた混血の娘を差し出すがいい。さすれば貴様に我が力の一端を振るう権利を与えようぞ。

この悪魔は出会った当初から実の娘であるセラを生贄に求めていた。理由は定かではないが、マーリスからすればどうでもいいことだ。目的のためなら、こんな薄汚い混血の娘などいくらでも差し出せる。

元より極めて断りにくい縁談によって当時恋人関係にあったエルザの母を秘密の愛人にしてまで、精霊であった前妻との間に儲けた子供。自分の種で醜い混血児が生まれるなど到底我慢ならなかったが、公爵家としても決して無下に出来ない貴人の娘であった前妻の顔を立てなければならなかったゆえに、表面上は可愛《かわい》がっていた。

(しかし結果としては失敗ではなかったな)

我慢の日々だった。あの醜く愚かな娘に父と呼ばれ続けるのは。前妻の死後に今の妻とエルザを引き取って以降は、義務による教育と自分や妻子、学校の生徒や教師の憂さ晴らしの道具として手元に置いていたが、それでも混血児が身内に居るという事実が耐えられなかった。

しかし、今日までの苦痛も終わり、待ちわびた大きな対価を得る時が来たのだ。後はあの魔力の量だけが取り柄の娘を差し出せば、全てを手に入れる力を得ることができる。

「さぁ、贄を食らうがいい。そして我らに大いなる力を――」

そこでマーリスはふと違和感を覚えた。生贄のセラに視線を向けていた悪魔が、上空を見据えているのだ。

「一体何が……んなっ⁉」

「お父様？　どうかされっ⁉」

つられて上空を見上げたマーリスとエルザは顎が外れそうなほどに愕然《がくぜん》とした表情を浮かべる。

星と月だけが彩っていたはずの黒い空に、数えきれないほどの炎の眼球が浮かび中庭を見下ろしていたのだ。

「な、何なのだ、あの炎の眼は……⁉」

「すいませーん、夜分遅くに失礼しまーす」

見たことも聞いたこともない炎魔法に呆気を取られているのも束の間、中庭を囲む館の屋根の上から、ひょっこりと顔を出したのは、エルザにとって実に見覚えのある憎き男。

「……あ、いたいた。やっと見つけた」

「シ、シヴァ・ブラフマン⁉　なぜあんたがここにいるのよ⁉」

緊張感の欠片《かけら》もない声色で中庭に飛び降りてきたシヴァに、エルザは恐れと警戒を露《あらわ》にする。

「いや、なんでも何も、今家《うち》で絶賛同居中の家出娘が遅くなっても帰ってこないから心配して捜しに来たんだよ」

「……だからといって人様の……それも貴族の屋敷に無断で入り込むなど感心しないな。その事実だけでも厳しい懲罰に値するが、今はそんなことはどうでもいい」

一見落ち着いているように見えるマーリスは、信じられない物を見るかのような目で問いかけた。

「……この中庭には隠遁の魔法が掛けられている。魔力の探知では決して見破られることはないはずだ。だというのに、なぜ君はこの広い学術都市の中からアレ《セラ》を見つけ出すことができたのだね？」

もしやどこかの有力者の密偵がこの都市に、賢者学校に、この館に紛れ込んでいて、シヴァに情報をリークしたのか。もしそうだとすれば、秘密裏に進めていたこの儀式に関する情報が流れている可能性が高い。そうなれば、後々厄介になる。

その事実の有無を見極めようとしたマーリスだが、シヴァはそう言った駆け引きをする気はないのか、はたまたマーリスの意図に気付いていないのか、なんでもないように答えた。

「夕方寝て、夜に起きてもセラが帰ってこないもんだから、最初は魔力探知で捜し出そうと思ったんですけどね。でもこの大陸中のどこにもセラの魔力を感じられなかったんですよ」

「た、大陸中ですって!?」

「あ、あり得ん！　それほど広範囲の魔力探知など聞いたこともない！」

サラリととんでもないことを口にしたシヴァに、マーリスとエルザは瞠目《どうもく》する。2人の認識ではどれほど魔力の探知に優れたものでも、その探知範囲はせいぜい学術都市の8分の1程度。だというのに、大陸全土を探知範囲に入れるなど常軌を逸しているにもほどがある。

嘘か真《まこと》かは不明だが、事実としてシヴァはセラの下に辿り着いた。故に2人は口で否定しながらも、否定しきる根拠が思い浮かばなかった。

「信じる信じないはともかくとして、どっちにしろ魔力の探知では引っかからなかったからな。だから俺、ちょっと眼玉を増やしてバラまいてみた」

術者と視界を共有する炎の眼球を生み出す遠見の魔法の一種、《灯台目《ローゲル》》。それによって数億もの眼球を生み出し、手始めに学術都市中を俯瞰《ふかん》させることですぐさまセラを見つけ出したのだ。

「それにしても、1人で勝手に挨拶もなく実家に戻って家族と話し合いにでも行ったのかと思ったりもしたんだが……どうやらそういうことでもないみたいだな」

空に浮かぶ炎の眼球を全て消し去り、シヴァはどことなく既視感を覚える悪魔を見据える。神族が最も近しい時代であった4000年前の住民であった彼から見ても、神族の手前、なかなか人前に姿を現さない悪魔は珍しい部類であった。

そして上空から俯瞰した中庭を見る限り、この中庭自体が儀式魔法の魔法陣であり、その中心に置かれたセラが悪魔への生贄であることもすぐさま理解できた。

「操られている印象はなかったけど……なるほど、催眠魔法じゃなくて暗示の魔法か。確かにこれは付き合いの短い俺じゃ気付きにくい」

「なっ!? い、いつの間に!?」

中庭の端から瞬きをする間にセラの下へと駆け付けたシヴァに、マーリスは空間転移の魔法でも使ったのかと目を白黒とさせる。しかし残念ながら、シヴァはただ目にも留まらぬ速さで駆け抜けただけであった。

「悪いな。お前が苦しんでたのに、気付いてやれなかった」

自身を縛る鎖をいとも簡単に引き千切るシヴァを見て、セラは枯れかけた涙腺から涙を滲《にじ》ませる。

（……どうして……っ！）

そこには様々な意味が込められていた。捜し出してくれたことも、こうして助けてくれたことも、涙が出るほどに嬉しいことだ。

母が死んだあの日から、誰一人として味方がいなかった。事情を知らぬ誰かが多少は優しくしてくれても、自分を虐げているのが公爵であると知れば皆が皆、手のひらを返した。

それでもシヴァはここに来た。シヴァだけは権力を顧みずに、超常の存在を前にしても迷うことなく助けに来てくれた。ただそれだけの事実が、どれだけこの傷付き病んだ心を慰撫《いぶ》してくれただろうか。

（いけない……逃げて……っ！）

しかしそれよりも恐怖が上回る。このままではシヴァが殺されてしまうという恐怖が。

なぜ来てしまったのだと、苛立ちに似た感情を抱かずにはいられない。儀式魔法の供物として、あの悪魔と契約で繋がるセラは、あの悪魔が如何にシヴァでも敵わぬ相手であると知識で理解していたのだ。

なぜなら、あの悪魔の正体は――――。

そんな心の悲鳴が届くよりも先に、シヴァの背後から攻撃を仕掛けた者がいた。儀式の邪魔はさせまいと、渦潮を武器の形にしたような水魔法の槍を手に携え、一気に間合いを詰めてきたマーリスだ。

「《海旋槍《シュライデント》》!!」

明確な敵を前にして暢気《のんき》にセラの救出を始めたことを隙と捉えたのだろう。渦巻く水の槍をシヴァの後頭部に突き刺そうとしたが、その尖端が触れた瞬間、水の槍は凄まじい衝撃と共に四散し、マーリスは何度も地面を跳ねながら吹き飛ばされた。

「ぐわぁあああああああああっ!?」

「い、いやあああああああっ!?　お父様っ!?」

攻撃を受けても無傷のシヴァに対し、攻撃した側のマーリスは腕の皮膚と筋肉が裂け、骨が割れるという重傷を負う。

シヴァは背後から迫る殺意に気付いていたが、あえて無視した。仮にも想い人の父親、明確に敵となっていないにも拘《かかわ》らず、迎撃して怪我《けが》をさせてしまうのは躊躇われる。

故に「娘を奪っていく男への父親の洗礼」として、その身で攻撃を素受けしたのだが、シヴァの驚異的な肉体強度と内包された魔力の差で、攻撃を防いだだけではなく、反動としてマーリスに大きなダメージを与えたのだ。

素人の拳が鍛え抜かれた腹筋に打ち付けられるのと同じことだ。圧倒的耐久力の前に、半端な攻撃を繰り出せば攻撃した側が傷つく。

「ぐぅう……！　腕が……腕がぁあ……！　なんという攻撃的な防御魔法……鉄壁も貫く私の《海旋槍《シュライデント》》を……！」

「ちょっと⁉　俺何もしてないのに何を人聞きの悪いことを⁉　信じてセラ！　なんかやけに大袈裟な反応してるけど、俺はなんの魔法も使ってないからな⁉」

こんな状況下だというのに、シヴァは緊張感もなく完全にいつも通りで、セラは弁明を繰り返す目の前の少年に呆気に取られる。

一体どうしてこのように振る舞えるのだろうか。シヴァもあの異様な存在感を放つ悪魔の存在に気付いているはずなのに。

「ぐうっ……！　なるほど、確かにラインゴット君が君を危険視するわけだ。この私の攻撃を防いだばかりかカウンターを入れてくるとは……！」

「だから人聞きの悪いことを言わないでくれませんかね？　こちとらセラの命や暮らしを保障し

たいだけなんで、あなたと戦う気はないんですよ」

「はぁ？　仮にも私はその出来損ないの父親だぞ？　今日まで生かしてやった恩義もある。どう扱おうと私の勝手だ。……そうだろう？」

濁り切った眼はシヴァの後ろにいるセラへ真っすぐ向けられ、全身が雁字搦《がんじがら》めに縛られたかのように動かなくなってしまう。

セラにとってマーリスは絶対的な強者だ。それは強さ云々というよりも、精神的な部分での話。幼少の頃より刻み付けられてきた実父への恐怖が、理屈ではなく本能でセラに逆らうことを拒否させているのだ。

それに何より、強さという点においては悪魔を側《そば》につけている時点で実父に分がある。この世界で最強の一角である種に、何をどうやっても人類が敵う道理はない。

長年かけて広げられた心の傷。刺激されるトラウマに、思考は停止して体も動かなくなっていく。父と、父の力を笠に着た者に逆らわぬことこそが唯一最良の選択なのだと心身に刻み込まれていた。

「………………っ!!」

それでも、シヴァにだけは生き延びて欲しい。そんな唯一芽生えた自我だけがセラの体を突き動かし、外へ出て逃げるようにと意思を込めてシヴァの体を両手で押す。

シヴァは多くのしがらみに囚《とら》われる自分とは違う。どこにだって行けるし、何にだってなれる。

……………なんの価値もない自分とは違うのだ。

「……なるほど。なんとなーく、今倒さなきゃなんない奴が……お前の敵のことが分かった気がする」

しかし、そんなセラの想いに反してシヴァの体は山のように動かない。それどころか、その瞳には僅かな怒りが見え始め、その身でセラを庇《かば》うように立ち塞がり、両手に炎を灯した。

「逃げろってか？　相手が権力者だか悪魔だか知らないが、そんな顔した奴置いて逃げたら寝覚めが悪すぎるだろ」

シヴァは後ろを振り返り、小さな同年代の少女の顔を見下ろす。その表情は紛れもない泣き顔なのに、恐怖で引き攣《つ》って涙を流すことすら許されない……そんな歪《いびつ》な表情だった。

「そして何より、お前とは話したいことが数えきれないほどあるんだ。……伝えると決めたこともな。それを邪魔するってんなら………全てを滅ぼしてやろう」

本の中で記された、他人が体験した物語への憧れとは違う。実際に出会い、育み、大きくなった大切な誰かへの想いがあるからこそ、今のシヴァには何も恐れるものがない。

たとえそれが、この時代で再び《破壊神》と恐れられる原因となったとしても。…………セラにまで恐れられるとしてもだ。

こんな自分と共にいてくれた娘の不幸を癒し、未来へ繋ぐことができたのなら、どんなにシヴァにとって残酷な未来が待ち受けていたとしても、きっと後悔しない。

「滅ぼす？　滅ぼすだと？　……く、ははははははははははは!!　本気でそのようなことが出来ると思っているのか!?　最強種の一角である悪魔と、その契約主である私を滅ぼすことが！　君ほどの魔術師なら、この悪魔の強大さを理解できると思ったのだが……これが若さというものか！」

逃げる選択を取らずに戦う意思を示したシヴァを蛮勇な若者と判断してマーリスは哄笑《こうしょう》を上げる。その腕は魔法を使った様子もないのに、いつの間にか癒えていた。

「ならば見せてみるがいい。かつて全世界、神々すらも焼き尽くした最強最悪。混沌《こんとん》と戦火の具現である炎の悪魔……《破壊神》シルヴァーズに、君の力がどこまで通用するかをな!!」

４０００年前、世界を滅ぼさんとした大悪魔にして破壊の神、シルヴァーズだという悪魔は、その双眸《そうぼう》をゆっくりと開くと同時にその脅威を開放する。

悪魔が身に纏う焔《ほのお》の衣から広がる業火が円で囲むように、自身とマーリスとエルザ、シヴァとセラを取り囲んだ瞬間、周囲の光景が一変した。

豪華な館で囲まれ、鮮やかな植物で彩られた中庭は、溶岩が噴き荒れ、熱風の竜巻が渦巻く荒野と化す。ただそこにいるだけで、生きとし生ける者全ての生命を奪いかねない地獄絵図である。

そしてそれは幻覚や周囲の環境を変えたなどという、生易しいものではない。文字通り、世界を変えたのだ。

「悪魔が使う異界創造法、《冥府魔界《タルタロス》》か」

「ほう……よく知っているね」

シヴァが魔法の発動と同時に焔の結界でセラを熱風や溶岩から守ると、先ほどまで意識が無かったかのように佇んでいた悪魔の瞳に光が宿り、ゆっくりと動きながらシヴァたちを見下ろした。

神族と悪魔はその力の強大さ故に、人の世では本来の力を発揮できず、意識も朦朧《もうろう》とするという制限を課せられている。そんな彼らが本来の力を取り戻し、人の世で戦うにはいくつかの条件がある。

「これを使ってきたということは、やっぱりセラを生贄にして肉体を乗っ取るつもりだったか。セラくらいの高魔力保持者なら悪魔の生贄にも使えるもんな」

一つは高い魔力の持ち主が悪魔に肉体を差し出し、人の世で活動するための器とする儀式魔法。4000年前でもたまに見かけることがあった。たとえば「肉体をくれてやる代わりに敵を蹴散らせ」や、「一族を未来永劫守れ」という悪魔との契約の下、行使されていた魔法である。

「この世界で活動するための器があるなら、悪魔が異界を使う意味がないからな。これが神族とかならなんとなく分かるけども」

「ふふふ。そこまで知っていてなお飛び込んでくるとは、君はとんだ愚か者のようだな」

もう一つの方法こそが、神族と悪魔の双方が標準的に備えている、魔法とは異なる能力、異界の創造である。人の世とも天界魔界とも異なる世界を作り出し、その中に自身と周囲の者を取り込み、制約から外れて本来の力を振るうというものだ。

そしてこの空間は仮初だが、極めて本物の世界に近い異世界。破壊し尽くすことも脱することもできない、取り巻く現象の全てが悪魔の有利に働く独壇場である。あの悪魔が炎を司《つかさど》るのなら、この炎の異界も納得だ。

（神族連中もよく似た異界創造、《聖堂天界《アスガルド》》を使ってきたなぁ。……まぁ、根本的には同じなんだけど）

神々が生み出す異界、雲上に広がる煌《きら》びやかな神殿の光景を思い返し、シヴァはゴキリと、指の骨を鳴らす。

――――わざわざ周囲に対する被害を気にしなくてもいい異界を創ってくれるとは有り難い。ここならば、ある程度は本気を出せる。

「それで、あんたはその悪魔の契約主ってわけですか。その腕の再生力……随分自分にとって都合の良い内容の契約を事細かに結んだみたいだな」

「ほう！　そこまで分かるのかね？」

セラはシヴァが守っているが、マーリスとエルザは常人では生命活動を維持することができない地獄の中にあって平然としている。

「大方、契約の中には学長とエルザはその悪魔の力では傷付けられないとか、そういうのがあったんでしょ？　その再生力は契約が果たされるまで契約主が死なないよう、悪魔と同調し、悪魔の不死性を得ている証拠だ」

「素晴らしい。君のことは、ただ強いだけの有象無象の薄汚い混血だとばかり思っていたが……世界でも王家を含めた限られた名家や機関にしか伝わっていない最強種降臨の魔法に対してそこまで理解があるとは……君は一体何者なのかね？」

「そっちこそ、そんなの喚《よ》び出してどうするんです？」

その質問に答えることなく、シヴァは質問で返す。

「仮にもあんた、復活するシルヴァーズを倒すべく、現代の《滅びの賢者》を見つけ出すための学校の長でしょ？　それが何で倒すべき相手を喚び出して契約することになってるのか聞きたいですね」

「そんなもの、所詮は2000年前から伝えられてきた時代遅れの発想だよ。人は常に進歩する生き物……たとえ世界を混沌に陥れた元凶であっても、然《しか》るべき儀式魔法によってその強大な力を手に入れる方が良いに決まっている。入学式で生徒たちを鼓舞したセリフなど、私の今の立場からくる演技に過ぎんが……それも必要なくなる」

恐らくマーリスは自分に不利益になるような要素を徹底的に省いたつもりなのだろう。何をするつもりなのかは知らないが、契約相手が自身よりも強大凶悪な存在であっても、さも御せると言わんばかりに余裕の表情だ。

「あの時、《破壊神》が復活した予兆があったみたいなことを言ってたのは？　そいつがもし本物のシルヴァーズなら、生贄なしでこの人の世で大規模な破壊はできないでしょ。精々、異界に相手を取り込むくらいだ」

「………正直不明な点が多いのは認めよう。だが大方、自然界に滞留する火の魔力が暴走した結果だろう。あの時はこの契約の存在が周囲に漏れる可能性があってヒヤヒヤしたが、それすらも既に些末事《さまつじ》だ。私はこうして、4000年前に世界を滅ぼしかけた悪魔の力を手にする目前まで来ているのだからね」

どうやらマーリスは、隣にいる悪魔こそが4000年前世界中を焼き尽くしたシルヴァーズであることに疑いもないらしい。……本物が目の前にいるにも拘らず。

(多分学長が言ってるのは俺のことなんだよなぁ……まぁだからって、あの悪魔が偽物ってわけでもないが)

悪魔は恐怖や絶望といった感情が無数に集まり、魔力と一体化して生まれる存在。現代までその恐ろしさが語り継がれてきたシルヴァーズとは全く別に、シルヴァーズという伝承に寄せて生み出された悪魔がいてもなんらおかしな話ではないのだ。いわばあの悪魔はシルヴァーズ二世といったところだ。

「どちらにせよ、この儀式の存在を知った君もそこの薄汚い混血の娘も生かしておくわけにはいかない。悪魔との契約儀式の邪魔をした代償を身を以《もっ》て知るがいい!」

瞬間、悪魔はその巨体に見合わない、人の動体視力を遥かに超えた速さで業火を纏った拳を放ち、シヴァもそれに合わせて正拳突きを放つ。ぶつかり合う拳と拳の衝撃で大地が割れて溶岩が溢《あふ》れ出した。

攻撃するという意識があれば風圧だけで人体を木端微塵に出来るシヴァの怪力。それを正面から受けても微動だにしない悪魔の拳に、シヴァはこの時代に来てから久しく感じていなかった戦いの感覚を思い出し始めていた。

『我の一撃に正面からぶつかってきても尚、その身が砕けぬとは……貴様は本当に人の子か？』

「無口かと思ったら、殺し合いの最中にお喋《しゃべ》りとはな。随分と余裕じゃないか？」

『抜かせ。少々力は強いようだが、所詮は人の子。悪魔たる我には到底敵うまい。精々我を楽しませてみせよ』

鮫《さめ》のように二重となっている乱杭歯を見せながら醜悪に嗤《わら》う悪魔に対し、シヴァも余裕の表情を浮かべる。

拳を突いて引く。その残像すら見えない高速連打。拳打がぶつかり合う度に震える大気と割れる大地、跳ねる溶岩。一見すると実力は互角に見えるが、双方共にまだ全力を出してはいない。

「シルヴァーズよ！　奴こそが儀式の邪魔をする慮外者だ！　契約書第43項、『儀式魔法の邪魔をする者が現れた場合、それを排除して儀式を完遂するために、契約主に代価を先払いする』に基づき、私とエルザに悪魔の力を与えよ!!」

『……よかろう』

ぶつかり合う衝撃でシヴァとの間に距離が空いた瞬間、マーリスとエルザに手のひらを向ける悪魔。その瞬間、2人の魔力が何百倍にも膨れ上がった。

「おぉぉぉぉ……！　漲《みなぎ》る……力が漲るぞぉおおおおおっ!!」

「あはははははは！　何これ最高ぉおおおおおっ!!」

凄まじい高揚感から歓喜の咆哮《ほうこう》を上げるや否や、シヴァとセラに視線を向けた2人は全身に水の竜巻を纏いながら音速以上の速度で突撃してきた。

「ちょっと揺れるぞっ」

「っ!?」

シヴァは両腕でセラを丁重に抱きかかえると同時に後ろへ跳び、マーリスの渦巻く水の槍とエルザの巨大な風の刃《やいば》をそれぞれ右足と左足で払う。軌道をずらされたそれぞれの一撃は大地を大きく抉《えぐ》り貫き、周囲に発生し続ける巨大な炎の竜巻すらも縦に両断して見せた。

以前までのマーリスとエルザの攻撃を遥かに上回っている。これではまるでシヴァの魔法と同威力ではないかと、セラはますます顔を青くした。

「先ほどはよくもやってくれたねぇ。公爵にして純血たる私に歯向かったその罪を、私自らの手で断罪してあげよう」

「ずっとあんたたちをグチャグチャにしてやりたくてたまんなかったのよ!!　この悪魔の力があればあんたの忌々しい《火焔令紋《メギアス》》もレジストできるわ！　さぁ、無様に悲鳴を上げ、許しを請いながら死になさいよ!!」

眼をギラつかせながら、さながら災害の如く荒れ狂う2人の力は人外のそれ……まさしく、悪魔の眷属とも言うべきものだ。

唯一救いなのは、自分という足手纏いを抱えながら両足だけで2人掛かりの猛攻を凌《しの》いでいるシヴァを、悪魔は心底意地の悪い笑みを浮かべて眺めているということ。大方苦境に立たされているように見えるシヴァを内心で嘲笑《あざわら》いながら眺めているのだろうが、何時どんな気紛《きまぐ》れで自ら手を下し始めるか分かったものではない。

「《水塵風剣《エリウォード》》!!」

「《風裂水針《レインバッシュ》》!!」

縦に振り下ろされる、天を突かんばかりに巨大な水と風の刃が大地を真っ二つに切り裂き、1つ1つに鎌鼬《かまいたち》を纏う水の杭が雨の如く撃ち出される。それらを足元から吹き上がる巨大な炎の壁で防ぐシヴァだが、炎属性では相性の悪い水と風の魔法、それも超破壊的な威力を得た2人の攻撃を前に、シヴァの状況は極めて悪いように見えた。

現に水も風も関係なく、全てを焼き尽くさんばかりに燃え盛る炎が打ち消されたのだ。無防備な状態で魔法を受けても傷一つ付かなかったシヴァだが、盾がこうもあっさりと潰され、2対1。客観的に見れば勝ち目が薄い。

「この威力の魔法を炎魔法で防ぐなんてやるじゃない？　これで混血なんかじゃなかったら少し

は認めてあげたのに」

「混血じゃなかったら……ねぇ」

シヴァはセラを少し揺らして落ちないように抱え直し、マーリスとエルザの激しい攻撃をいなしながら心底不思議そうに尋ねる。

「分からないな。何でそこまで混血が嫌いなんだ？　五英雄の転生体が純血だからっていう理由があるのは知っているけど、それでも4000年前の戦いから混血が増加していってるはずだろ？　調べてみたら、アムルヘイド自治州のトップであるドラクル大公は、純血思想の連中から混血を守っているみたいじゃないか。それら全てを蔑ろにするなんて。……これはアレか？　悪魔の力が手に入るって分かってたからか？」

「その通りだとも」

現代の魔法のレベルが賢者学校で察せられた程度ならば、確かに今の彼らは力ずくで世界を支配することもできるだろう。横薙《よこな》ぎに振るわれた巨大な水の刃を蹴りでへし折り、返す刀ならぬ、返す脚ですかさず水と風の刃の渦を吹き飛ばす。

「歴史を遡れば、元よりこのアムルヘイドは我が一族が治めていた大国。しかし4000年前の大戦の影響によって我らは領土も権力も大きく削《そ》がれ、忌々しいドラクル家を始めとする侵略者ども……現在のアムルヘイドを自治州として分割しながら治める他の貴族どもによって奪われ、王族であった私たちは学術都市に押し込められた！」

「あ、なーるほど。察したぞ。４００年前に奪われた領土を悪魔の力で無理矢理奪い返そうってわけですか？　最近の小説じゃテンプレ扱いされてよくある話みたいだけど……そのやり方を否定はしませんよ？」

「ならば我々の邪魔をせずに、疾《と》く死ぬがいい！」

足元で地面に描くように渦巻く水流と風流。それが天に向かって突き上がる魔法であると察したシヴァは、それを真っ先に踵《かかと》落としで砕く。衝撃によって大地は砕け、無数の巨大な岩盤諸共《もろとも》マーリスとエルザは上空へと持ち上げられる。

「アムルヘイドを我が物顔で奪っていった者の中には人間以外の種族も多くいた。そういった輩が連れ込んだ他種族とアムルヘイドの人間たちが交じり合い、古き良き人間の国であったアムルヘイドは過去のものとなり、今の醜いアムルヘイドがある。つまり、混血こそが我らアブロジウス家衰退の象徴！　そんなお前たち混血に、この地での居場所はないのだよ！」

熱波が充満する地獄に冷たい水の槍が雨あられと降り注ぎ、その１つ１つが大地を穿《うが》つ。常人では対処のしようもない雨を炎の屋根で防ぎながら、シヴァは特に関心のない声で問いかける。

「それだけか？　それだけが混血を……セラをいじめる理由ってことで良いのか？」

「それだけだと!?　アブロジウス家４００年の屈辱をそんな言葉で片づけるつもりか!?　おかげで私は愛する者と結ばれることもままならず、精霊の女と望まぬ混血の娘を儲けなければならなかったのだぞ!?」

「その貧相な女とその母親のせいで、私とお母様は長年誰が父で、誰が夫かも分からない母子として蔑まれる暮らしを強いられたわ！　私は古《いにしえ》の王家の血を引くアブロジウス家の正当な後継者なのよ⁉　その私を差し置いて、簒奪《さんだつ》者の娘が何様のつもり⁉」

遥か古から伝わる憎しみ。それが純血思想と上手《うま》く合致した結果なのだろう。たとえ実体験が欠如した虚構の恨みだったとしても、永い時を掛けて蓄積し、習性と化したアブロジウス家の怒りと憎しみは、ある意味本物よりもたちが悪い。

シヴァもかつては混乱と戦いの渦巻く時代を生きてきた者。他種族に直接何かをされたわけでもないのに、他種族への怒りを無尽蔵に募らせる者たちを大勢見てきた。その他種族との混じり物である混血を大した恨みもなく排斥する者たちも。

「…………っ！」

しかし、その手の話は聞き飽きたと言わんばかりに興味のなさそうな顔をしているシヴァとは裏腹に、感情の漏れを必死に抑えるようにシヴァの胸元を握るセラの顔は青い。

「精々、ソレには最期くらい我々のために死んでほしいものだね。混血の娘を家に置いていたなど、先祖たちに顔向けできないほどの恥を晒して耐えていたのだから」

「子供の頃から目障りなのが消えて清々するって時に邪魔しないでくれる？　それに見なさいよ、この圧倒的な力！　その生贄を悪魔に差し出さないとこれを維持できないのよ？　さっさとその女を渡しなさい！」

世界を埋め尽くさんばかりの大津波と大嵐が迫る。一体どこから持ち出したのか疑問に思えるほどの大瀑布《だいばくふ》に呑《の》まれそうになった時、セラは走馬燈を見るかのように圧縮された時間の中で思い返していた。

生きることを望まれていないことは知っていた。悪魔の贄として選ばれ、儀式魔法と繋がれた、10歳にも満たない子供の頃からだ。だから今更そんな言葉で傷付くことはない。全てを諦めて彼らに受け入れてもらうための努力をしてこなかった自分にそのような資格はないと……そう思っていた。

それでも、悔しい。最初から望まれて生まれてこなかったことも、思い出の中の母を貶《おとし》められたことも、今もなお、シヴァがこうして窮地に追いやられていることも。その原因が全て自分にあるのだと思うと、自分の弱さが悔しくて悔しくて仕方がない。

生きることさえも諦めていた彼女がそう感じるのは烏滸《おこ》がましいだろう。声を上げることもできないセラは強くあろうともしなかった過去への悔恨に打ちひしがれながら2つの天災に巻き込まれ――――

「つまんね。欠伸《あくび》が出らぁふわぁぁあ~……っ」

ようとした瞬間……シヴァの口から暢気に迸《ほとばし》る灼熱が、津波も嵐も吹き飛ばし、マーリスとエルザの全身を焼き尽くした。それは摂氏7000度を超える紅焔《プロミネンス》にも匹敵する、《滅びの賢者》の欠伸である。

凄まじい絶叫を上げ、火達磨《ひだるま》になりながら転がっている2人だが、それでも生きて徐々に焼失した肉体を再生させているのは悪魔の力に依《よ》るところだろうが、セラにとってはシヴァの欠伸の方が驚きだ。

神にも匹敵する圧倒的な力。人智を超えた最強種、悪魔の力を宿した2人を、学校の一般生徒たちを相手にした時と同じように、攻撃とは思えぬ攻撃で致命傷に匹敵するダメージを与えているのだ。先ほどまで2人に苦戦していたと思っていたからこそ、驚きも一入《ひとしお》である。

「……俺まだ何もやってないのに……。悪魔と契約しといてそれって……素がどれだけ弱いんだ？」

もっとも、本人は欠伸1つでやられるなどとは思っていなかったのか、茫然としていたが。

「別にアンタらの理屈ややり口にいちゃもん付ける気は毛頭ないんですよ。俺だってあんまり人のこと言えた義理でもないし、やりたいようにやればいい」

けどな……と、シヴァはセラを地面に下ろす。

「人類って生き物は万事万象《ばんじばんしょう》に歯向かえる存在だ。その意志と願いを通したいってんなら、まずは俺を倒してみろよ」

そして懐からセラが屋敷に置いてきたホワイトボードを取り出すと、呆気に取られる彼女の両手に持たせ、今度は結界ではなく上着のように形成された炎をセラの肩に被せる。炎の結界と比べてなんとも頼りない守りに見えたが、不思議とこの灼熱地獄の中でも自然と活動出来た。

「これ持ってろ。……お前にも、色々と聞かなきゃいけないことや、話したいことがあるんだ」

「………？」

もう戻らないと決め、返すつもりで置いてきたホワイトボードを両手に持ち、地面にへたり込んだセラは、敵に背を向けてこちらを見下ろすシヴァを見上げる。その目はどこか、信じられないものを見るかのようでもあった。

【……聞きたいことと……話したいこと？】

「あぁ、そうだ。本当は一緒に暮らし始めたその時に、いの一番に伝えなきゃいけなかったんだけど、事が事だけに言うのが躊躇われてさ。……実は俺は――――」

シヴァは気恥ずかしいというか、気まずそうというか、そういう顔で頭の後ろを掻《か》く。そんな彼の後ろに迫るのは水と風を操るマーリスとエルザ。

「隙を見せがばぁっ!?」

「よくもやっぶべがっ!?」

「……ちょっと黙っててくんない？　俺はセラと大事な話の最中なんだよ」

超速で間合いを詰めてきた2人をシヴァは手首の力だけで放ったような軽い裏拳、その衝撃波によって文字通り木端微塵に粉砕する。一体先ほどまでの接戦は何だったのか……その疑問の答えは、ずっと後ろで眺めていた悪魔が示した。

『手加減をしていたようだな……我が力の一端を与えただけとはいえ、悪魔の魔力を与えられた者を、ただの人の子がこうも圧倒するとは』

「だから話が終わるまで黙ってろよ……って、言っても聞かなそうだな」

俯瞰していた悪魔は再び立ち上がり、全身から無数の業火の火の粉をばらまく。火の粉一つで只人《ただびと》ならば焼き尽くされそうなほどの、地獄にも勝る熱波を放つ悪魔に対して、シヴァはまるで関心がなさそうだ。

「正直、お前がどんな目的で生贄なんか欲しがったのかは知らないし、さして興味もない。2人は仮にもセラの家族だから少し話がしてみたかっただけで、攻撃は適当に流しておいた」

『……我の力を得た者を塵芥《ちりあくた》の如く扱うとはな。……しかし、所詮は魔力を得ただけの人の子よ。我ら悪魔と比べるまでもない。それは貴様にも言えることだ』

悪魔は手を……もっと言えば、杭のような爪が生える五指を振り上げ、振り下ろす。ただそれだけの単純な動作は天地に巨大な爪痕を残し、世界を裂いた。

正真正銘、神に匹敵する力。ただ身動《みじろ》ぎするだけで星々を揺らすという伝承を与えられて生まれた超越者による一撃は……シヴァが大きな小指を鷲摑《わしづか》みにすることによって止められていた。

『……何だと？』

「てい」

最初の余興とは違う、殺すつもりの一撃。それを簡単に受け止められてほんの一瞬呆気に取られた隙に、シヴァは片腕で悪魔の巨体を持ち上げて地面に叩きつけた。

音速の壁すら突き破る振り下ろし。地面は割れて大量の砂埃と共に溶岩が飛散し、悪魔の腕は千切れて胴体は宙高く跳ね上がる。

「《紅蓮弾《ゴアロア》》」

そして追撃。ライルが使った同じ魔法とは思えない、まるで太陽を彷彿《ほうふつ》とさせる巨大な火炎球が上空に向かって発射され、悪魔に着弾した瞬間に大爆発を引き起こす。

「ば、馬鹿な!? 悪魔が……伝説の《破壊神》がぎゃ!?」

「あ、あり得ない! こんな力がぺ!?」

悪魔が人類に良いように攻撃されるなど信じられない。全身をようやく修復し終え、驚愕を露にした途端に、マーリスとエルザは天地を蹂躙《じゅうりん》する熱波に跡形もなく焼失する。

炎の結界よりも貧弱そうに見える、炎の衣に守られているセラだけは無事であった。しかしある意味でマーリスとエルザも無事と言えるだろう。全身を焼き尽くされても尚、虚空から肉体を構成し、復活しようとしている。

そしてそれは、悪魔も同じことだ。焼け焦げた赤黒い肉は瞬時に皮膚に覆われ、千切れた腕も元通りになっている。

『……人の子にしてはやるようだな。よもや戦火より生まれ落ちた我を、炎の魔法で傷付けるとは』

悪魔と神族は不死身の存在だ。……より正確に言えば、彼らは『人類の領域の遥か高みに位置する超越者』という力を持った概念によって、人類とそれ以下の存在による攻撃に対して無敵の守りを得ている。

傷を負うことはあっても、人類の攻撃では倒せないという概念によって守られている彼らを倒せるのは、ドラゴンを含めた最強種のみ。そして4つの種族の混じり物だが、神の血も悪魔の血も引いているわけではないシヴァは、理論上悪魔を倒すことは出来ないのだ。

マーリスとエルザがシヴァの攻撃を受けてもなお、幾度も復活しているのも同じ理屈である。悪魔の眷属もまた人類の及ばない存在という概念に守られているのだ。

「しぶとさだけが売りなことはあるな。少なくとも3000年以上も長生きしてるなら、もう100年くらい大人しくしてればいいのに。そしたら俺もセラも寿命でポックリ逝ってるかもな」

『ほざくな、矮小《わいしょう》なる存在よ。我に歯向かった愚かさを悔やみながら《消えるがいい》』

悪魔がそう告げた瞬間、シヴァの体がどんどん透明になっていき、その存在を希薄なものとしていく。

悪魔や神族が最強と呼ばれる所以《ゆえん》。それは権能魔法と呼ばれる、自身が望んだ結果を過程を無視して現実のものとする、彼ら特有の魔法にある。

たとえば料理を望めば素材や調理過程を無視して料理を生み出し、相手の死を望めばその瞬間に相手は死ぬ。人の力では抗うことすらバカバカしくなる、超越者にのみ許された、まさしく権能の名に相応《ふさわ》しい魔法。

『……馬鹿な』

「どうした？　俺を消すんじゃなかったのか？」

だが、そんな絶大な力を受けても尚、シヴァの薄くなっていた体はすぐさま元に戻り、五体満足で唖然《あぜん》としている悪魔を見上げている。

『なぜ我が権能が通じない？』

「生き物には慣れっていうのがあるんだよ。お前らの権能魔法なんて食らい過ぎて、通じなくなるくらい耐性ができたわ」

『世迷言《よまいごと》を……ならば《捻《ね》じ切れて死ぬがいい》』

再び権能魔法が発動される。今度はシヴァの全身が捻じれて死ぬように命ずるが、身に纏う衣服が少し動くばかりで、シヴァの体は微動だにしない。

『《精子まで時を遡り朽ちるがいい》』

次にシヴァが歩んできた時間を遡り、体外では生命維持不可能な存在に戻すことで殺そうとするが、これも通じない。

『ぐっ……！　《空間の狭間に呑まれて死ぬがいい》っ』

ここに来て初めて悪魔の声に焦りが生まれる。今度はシヴァの周辺の空間が歪曲《わいきょく》し、空間の理《ことわり》が無茶苦茶な異空間に送って殺害しようとするが、やはり空間ばかりが歪《ゆが》むだけで、シヴァにはなんの影響も現れない。

「何度も同じことを繰り返す奴があるかよ」

そして悠長に権能魔法で殺しにかかる悪魔は隙を見せすぎた。流星のような速度で繰り出された跳び蹴りが悪魔の上半身を木端微塵に砕く。

しかし即座に再生。甚《はなは》だ業腹だし、理屈が不明だが、シヴァに対して権能が通じないと理解した悪魔は、セラに視線を向けた。

元より高魔力保持者の肉体を手にするのが目的であったし、どうやらあの娘の存在はシヴァにとって特別である様子。そのことを見抜いた悪魔は娘の肉体を手に入れると同時に盾代わりにしようと、実に悪魔らしいことを企てる。

『《絶えるがいい》』

そして権能魔法を発動。セラの肉体から魂を抜き取り、主導権を取ろうとするが、物理的な力を介さないはずの権能魔法は、セラが纏う炎の衣に弾《はじ》かれてしまった。

『あり得ぬ。なぜ我が権能が炎に……』

「あり得ないも何もないだろ。耐性ができたなら魔法として確立し、補強した。ただそれだけだ」

権能魔法に対する防御魔法。それがあの炎の衣であると知って、悪魔は内心で舌打ちした。どうやらシヴァを討たない限り、生贄を得ることはできないようだ。

「この炎を見てもまだ分からないって言うんなら……お前は《炎の悪魔》を名乗るには力不足だな。出直してきたらどうだ？」

『何……？』

「いずれにせよ、権能魔法は俺には通じない。……それとも、物理で殴り合いをするのが怖いのか？　ん？　真っ先にセラを狙ったっていうのは、そういうことだろ？」

あまりにも見え透いた挑発。それが超越者の自尊心を刺激した。

『あくまで死に急ぐか、人の子よ。確かに貴様は権能が通じぬ稀人《まれびと》ではあるようだが……《破壊神》たる我との直接戦闘が何を意味す――』

「御託はいいからさっさと掛かってこい。こっちは晩飯まだなんだよ」

台詞《せりふ》を被せられて悪魔は今度こそ怒る。そして両手に収束された膨大な熱量が光線となって、シヴァに放たれた瞬間、世界は紅蓮《ぐれん》に染め上げられた。

それは人類では決して到達出来ない領域。世界をも呑み込み、全てを焼き尽くす破壊の焔である。地の果てまで焼き尽くす極大の熱線に呑み込まれたシヴァを確認し、悪魔はほくそ笑む。

『これが報いぞ。たかが人の子ごときが悪魔に歯向かった代償は、魂魄《こんぱく》を焼き尽くされることで贖《あがな》うがいい』

マーリスやエルザとは比べ物にならない一撃。普通に考えれば、シヴァが生きているはずもない。勝利を確信した悪魔はセラに視線を移そうとして――――。

「温《ぬる》い炎だなぁ」

天を焦がさんと燃え盛る残り火から飛び出したシヴァのダッシュストレートで悪魔は吹き飛ばされた。

悪魔は現状を理解出来なかった。今放ったのは正真正銘、本気の一撃。だというのに、なぜそれを受けたシヴァは無傷で、自分はこうして地面を転がっているのか。

『っ……！　《燃え尽きよ》っ』

上手く避《よ》けたのか……そう判断した悪魔は、広範囲に向けて炎を放つ。威力が拡散してもなお、全てを焼き尽くしながら地上全域に広がる焔だが、シヴァは即座に対応。炎が広がる前に膨大な炎をぶつけた。

『愚かな……我と炎をぶつけあって勝てると思い込むその傲慢、一瞬で焼き尽くして――――』

しかし、一瞬で焼き尽くされたのは悪魔であった。世界を呑み込み広がる炎は押し返され、炎を代名詞とする悪魔の肉体は瞬く間に塵と化したものの、そこは悪魔。人類に倒されないという概念によってすぐさま復活を遂げる。

『馬鹿な……我以上の炎を操るとでも言うのか……？　我は人類を滅ぼさんと世界を焼き尽くした《破壊神》であるぞ……。シヴァ・ブラフマン……貴様は何者だっ』

「この都市の学生で、元村人だよっ！」

肉弾と肉弾。炎と炎でぶつかり合う悪魔と学生。その度に天地は悲鳴を上げるほどの激戦に見えるが、その実、圧倒しているのはシヴァであり、一方的に嬲《なぶ》られているのは悪魔であった。

『ぐあぁあっ!?』

回し蹴りで胴体を真っ二つに千切られ、下半身と泣き別れした悪魔は地面に墜落し、初めて悲鳴らしい悲鳴を上げる。最強種たる悪魔を名乗るにはあまりに無様な姿を見下ろしながら、シヴァは首を鳴らした。

「4000年も経って悪魔まで弱くなったのか？　昔はもっと手応えがあったはずなんだがな」

『4000年……？　何を世迷言を……それに、我が弱いなどと……』

「実際に弱いだろ。力自体はあるのに、こうも扱い方がなってないとは。悪魔と似たような戦い方ができる神族……クリアやイドゥラーダなら、もっと上手く立ち回っていた」

『クリア……？　イドゥラーダ……？　何を……さっきから何を言っている？』

なぜそこで最強クラスの神の名が出てくるのかまるで理解できない……否、正確には、理解しようとする頭が、本能による恐怖を否定する超越者のプライドに妨げられて、理解するのを拒む。

なぜなら、理解してしまえば自分という悪魔のアイデンティティーが崩壊しかねないからだ。

……シヴァの口振りは、まるで4000年前にクリアやイドゥラーダと実際に戦ったかのようではないか。

「ま、所詮伝承から生まれただけの存在か。俺たちの後から生まれ、碌《ろく》に戦いをしてこなかったと考えてみれば……まぁ、《破壊神》二世としてはこんなもんだろうなぁ」

『貴様……！』

「お前は俺から借りた伝説をさも自分の物だと思い込んでいるだけで、実際は今まで大層なことはしてこなかった道化……ピエロ君だよ。シルヴァーズ」

『貴様は先ほどから何を言っているっ。正体を現せぇ！』

悪魔の口腔《こうこう》から放たれる極大の炎が天地を焼き尽くし、シヴァを呑み込む。

「正体を現せ？　別にいいぞ。もうこの場で隠しておく必要もなくなったんでな」

業火の中から無傷で現れたシヴァだったが、１つだけ今までとは違う点がある。この灼熱地獄の中で燃えずにいた彼の衣服が、炎に包まれて崩れ落ちたのだ。

それは悪魔が放った炎によって……ではない。自分自身の放つ灼熱から、自分の衣服を守り切れなかった証である。

「セラもよく見ておけ……これが、俺が伝えなきゃいけなかったことの全てだ」

灰燼《かいじん》と化した衣服に代わり、遥か遠く離れた位置からでも肌を焼くであろう熱波を放つ灼熱が衣を模《かたど》る。髪は猛る炎と化し、全身には紅蓮の紋様が走り、裸足で荒れて焼け焦げた荒野を踏みしめる度に、大地は融解し溶岩と化した。

その姿。その炎、その猛威。全身から吹き荒れる、灼熱の魔力に苛まれながら、真っ先にシヴァの変化の正体に気が付いたのは、儀式契約のために《破壊神》の伝承を調べていたマーリスであった。

「ば、馬鹿な⁉　あれは《破壊神》の炎の衣⁉　なぜ彼がシルヴァーズの代名詞であるアレを身に纏っているのだ⁉」

困惑する親娘《おやこ》を意に介さず、悪魔は苦々しく歯噛みする。

『そうか……そういうことなのかっ。我の炎を上回るのも、権能魔法が通じぬのも全て……全て貴様が我のオリジナルであるからか！　数多《あまた》の神と英雄を焼き殺し、世界を滅ぼさんとした大賢者……原初の《破壊神》シルヴァーズよ‼』

シヴァの威圧の震脚《しんきゃく》が大地を踏み割る。一瞬の内に粘度の低い溶岩の海を生み出し、焼けるような真紅の双眸で愛する女を奪わんとする悪魔を見据えて吠《ほ》えた。

「行くぞ木端悪魔。死ぬほど嫌いな異名だが……《滅びの賢者》の本領を見せてやらぁ‼」

『……っ！　な、舐めるなぁっ‼』

同時に放たれる巨大な火炎球同士がぶつかり合い、周囲はその余波で砕かれていく中、唯一無事であるセラはただシヴァの姿だけを視線で追いかける。

炎が人の形をとったような姿だと、セラは煌々《こうこう》と燃えるシヴァの後ろ姿を眺めながらそんな印象を抱いた。

《破壊神》シルヴァーズの伝説とその恐ろしさはセラも知っている。破壊と悪意を撒き散らす邪悪を具現化したような存在であると聞いていたが故に、彼女はシルヴァーズを名乗る悪魔を何よりも恐れていたのだ。

「悪いな、セラ。本当は会った時にでも言えばよかったんだが……お前に嫌われたくなかったもんでな」

しかし、目の前で悪魔を見据えながら頭の後ろを掻く、そんな後ろめたそうにするシヴァは、伝え聞いた伝承とはまるで違う、それこそ外見相応の少年にしか見えなかった。

……否、それは事実としてそうなのだろうと、セラは直感する。根拠があるわけではない……しかし、これまでシヴァと共に暮らしてきた記憶が、彼女の本能にそう訴えかけてくるのだ。

「いきなり言われて、お前はきっと困惑していると思うが、俺が現代で語られているところのシルヴァーズであることに間違いはない」

【ならどうして……4000年前の人が現代に……？】

「なんてことはない話だ。俺が言うのもなんだけど、昔はなんでもありな連中が多くてな。俺は《勇者》やクリアたちが開いた時空間の狭間に追いやられたのさ。時間の流れが滅茶苦茶な空間から脱してみれば、この時代だったたってわけ」

セラは《破壊神》復活の予言を思い返す。この儀式によって復活を遂げると思っていたシルヴァーズが伝説とは別物で、本物が遥か遠い過去からタイムスリップしてくるなど誰が想像出来ようか。

思わずマジマジとシヴァの顔を見つめると、彼も真っすぐセラを見つめ返してきた。

「模擬戦のあった日の夜に話したことがあったろ？　あれは全部、《破壊神》だの《炎の悪魔》

だの好き勝手に呼ばれていた俺の、誰も知らない裏話ってやつだ。シヴァ・ブラフマンなんて名前も正体知られたくなかったから適当につけた名前でな。俺の実態なんて多分、お前が見てきた通りの奴だと思う。生きるためならなんでもやる、家事がまともにできない駄目男だ」

その通りだ。恐らく最もシヴァという人物を間近で見てきたセラの眼にもそう映っていた。力だけは誰よりも強いのに、小さなことで喜んだり落ち込んだりする、欠点だらけの世間知らずの男の子。それも伝説に恐れられた古代人なら納得もいくと、セラは少し見当外れなことを考える。

「ふ、ふざけるなぁ！　私が召喚したのが本物のシルヴァーズではないだと⁉　……いや、そこはどうでもいい……！　いきなり本物の《破壊神》が出しゃばってきて、我らの悲願の邪魔をしようなど、そのようなことを認められるはずがない！」

「化け物じみてると思っていたけど、本当に化け物だったなんて……！　世界を滅ぼそうとしたアンタに生きる価値なんてないのよ！　極限まで高められたアブロジウス家の決戦魔法で死になさい！」

そんなセラとは真逆に、恐怖と怒りに引き攣るマーリスとエルザはシヴァを悪《あ》しざまに罵りながら膨大な魔力をかき集める。渦巻くのは水と風の嵐。

（違う……！　シヴァさんは、そんな人じゃ……！）

過去の伝承と世界に刻まれた傷跡。それだけでも恐れるに値する理由にはなるというのは理解できる。だが、シヴァの本質に一切目を向けずに、聞き及んだ話とイメージだけで一方的に拒絶されるのを直《じか》に見て、セラは胸が締め付けられそうな感覚に陥る。

――恐怖と敵意に満ちた視線と共に放たれる魔法に、きっと体ではなく心が傷ついているのだと、今なら知っているから……。

「『《颶風水禍迅《オルガ・シュトロム》》!!』」

うねりを上げる水と風の渦は以前見たときとは比べ物にならないほど巨大だった。近づくだけで大地は抉《えぐ》れ、粉塵レベルまで砕かれる激流を前にしても、シヴァは無抵抗。

今の彼は近づく全てを焼き尽くす戦闘態勢だ。以前はクシャミ一つで同じ魔法を消し飛ばしていたが、こうなってはもはやクシャミをするまでもない。近づいた水の大嵐は熱波に押し返されて、一瞬で掻き消される。

自分たちの最大の魔法があっけなく焼失するのを見て呆然とするマーリスとエルザを後目《しりめ》に、

『《紅蓮溶滅斧《バルメルド・アクス》》!!』

悪魔がシヴァに向かって赤く燃える巨大な斧を振り下ろす。

まるで地中の溶岩を山すら両断する巨大な斧の形に押し込めたような一撃。現代の魔術師なら100人がかりでも凌げないであろう悪魔の魔法を、シヴァは片腕で受け止めた。

『我の極大魔法だぞ……!? それを片腕で……!』

「俺が伊達《だて》や酔狂、服の代用として炎を身に纏ってると本気で思ってるのか?」

この灼熱地獄にあって、シヴァと同じく炎の衣を羽織るセラが無事であることから察せられるように、シヴァが身に纏う炎はただの炎ではない。シヴァが使えるありとあらゆる防御魔法……それも触れたものを害する攻撃的な守りを全て圧縮した魔法でもあるのだ。

溶岩の大斧は瞬く間に火に呑み込まれ、悪魔の腕を焼き尽くして全身を這《は》う。

『ぐがぁあああああああああっ⁉』

「どうした？　お前も炎を司る悪魔なら、このくらい防いでみろよ」

防ぐと同時に反撃。そして追撃。シヴァの手のひらに尋常ではない熱量が圧縮され、解き放たれた。

「《業火波焼《カグツミ》》」

視界を覆いつくすほどの炎が紅蓮の大津波となって悪魔とマーリス、エルザを呑み込む。抵抗も空しく遠くまで押し流された悪魔たちを見送ると、シヴァは再びセラと向き合った。

「……でもまぁ、あいつらの反応も当たり前なんだよな。俺も怖がられて当たり前のことをしてきた。この時代に来ても加減がまるで分からなくてなぁ……中々思うようにもいかない。多分、上手く人間関係を作るのには向いてないんだろうなぁ、俺」

シヴァは照れ臭そうに笑う。しかし、それは自嘲と寂しさがありありと浮かぶ、切ない笑みだった。

「でもセラとだけは一緒に暮らせるくらいに仲良くなって、俺も自分なりに真っすぐお前と向き合ってきたつもりだ。だからここまで来て、俺の正体を明かしたんだよ。お前に怖がられても嫌われてもいいから、欺《あざむ》き続けるのは止めようって」

シヴァは落ち着きなく何度もそっぽを向き、言い難そうにしながら問いかける。それはまるで不安に震える小さな少年のような姿だ。

「で……だ。その……セラはどうだった？　俺が《破壊神》って呼ばれてたって分かって、怖かったか？」

「……っ!!」

セラは何度も首を横に振った。確かに物騒なことも多々あったが、シヴァ自身を恐ろしいと感じたのは出会ったときだけで、後は第一印象を良い意味で裏切られ続けている。

どんなに恐れられ、どれだけ差し伸べた手を払われても、シヴァはいつだって誰かと繋がろうとしてきた。他人にはとてもそうは見えなかっただろうが、セラの眼にはそう見えていたのだ。だからセラにとってシヴァ・ブラフマンは恐れる対象ではない。恐らくこの都市で誰よりも弱かった少女は、誰よりも強い男をとっくに認めていた。

「そっか……。……何だろう。……スゲェ嬉しい」

シヴァは安心したようにしゃがみ込み、深い息を吐く。視線の高さを合わせて見る彼の笑みは、張り詰めた気が抜けたような、一切の不安が取り除かれたような、そんな心底安堵した笑みだった。

呪いを掛けられてからというもの、シヴァは自身の全てを丸ごと受け入れられた経験がない。

それがどれだけシヴァの心を満たすのか……それを真に共感できる者はいないだろう。

「じゃあさ、セラはこれからどうしたい？」

シヴァの問いにセラは何も答えられなかった。なぜなら今日という日に生贄にされることはずっと昔から決まっていたことで、これからのことなど考えたこともなかったのだ。

「将来のこととか、少し先の話とか、そういうことを聞いてるんじゃないぞ？　今この状況下で、お前はどうしたいのかって聞いてるんだ」

【……悪魔の生贄に……。ただそうあるようにと望まれ続けて……。私は、そのためだけに生かされ続けてきて……】

それ以外は、ただストレス発散の道具という、究極的には居なくても問題ない存在としてしか求められていなかった。むしろ死ねば楽になれるのだとすら思っていたのだ。

【贄にされること以外に、私が生きている理由が分からないんです。私なんかが生きていても誰の得にもならないなら……】

しかし、そういった考えも全て目の前の男に揺るがされている。内心を表す魔道具は震える文字をセラの迷いごと浮かべていた。

『舐めるな……！　如何に貴様が我の原形とは言え、悪魔たる我を殺せると――』

「……話し中だからしばらく黙ってろって言ってんだろ！」

空気も読まずに話の邪魔をしてきたのは、全身を燃やされながら怒りに支配された悪魔。炎の大津波に押し流されたところを背中の翼を羽ばたかせて戻ってきたらしい。シヴァは立ち上がって振り返り、両手足から炎を噴出しながら悪魔を蹴り上げ、そのまま空中戦を繰り広げる。

「望まれたからってやらなきゃいけない理由なんてどこにもないぞ!!」

天空で繰り広げる激闘が生み出す爆音と轟音《ごうおん》。それらを突き破るのは、迷いを切り裂くような《滅びの賢者》の咆哮。

「お前が生きてても誰も得しないって!? そんなわけあるか! 俺がここで戦ってる! その理由が分からないか!?」

『貴様……! 我と戦っている最中に他のことに気を回す余裕が――』

「お前とこれからも生きていたいからに決まってるだろうが!!」

シヴァの炎拳が巨大な悪魔の顔面を殴り飛ばす。セラの絶望を象徴した悪魔を吹き飛ばすその姿は、闇を払う焔の光に似ていた。

「いや、俺の願いはどうでもいい。お前自身はどうありたいんだ!?」

【……私は、生贄にされる以外に生きてる意味が分からなくて……】

「意味も理由も無くたって生きていける! 俺だって世界中から死ねって望まれてたけど、そんなの全部無視して生き抗ってやった!! 死にたくなかったから……生きていたいって、俺自身が望んだからなぁ!!」

シヴァの前面に2メートルに迫るほどの大きさの魔法陣が浮かび上がる。魔法陣を隠さずに明かすということは、これから発動する魔法を先んじて教えるということ。そう言っていたシヴァが魔法陣を隠さない。

それはつまり、シヴァでも隠せないほど膨大かつ緻密な術式。魔法陣を見られても防がれない自信を持つ、渾身《こんしん》の一手であるという証である。

「《百萬拳裂炎上烈破《ミリオ・ブラキウム》》」

シヴァが魔法陣を殴った瞬間、大地を割る拳打と同等の質量と威力を持った100万もの炎の拳が連射される。更に魔法陣を瞬時に99連打……累計にして1億もの炎拳が悪魔に浴びせられた。

空を覆いつくす、天上に向かって降り注ぐ炎拳の雨。その全てが自在に軌道を変え、自在に停滞し、自在のタイミングで悪魔に直撃する。ああなってしまえば全ての炎拳を受けない限り脱せられない。大きく時間を稼いだシヴァはセラの下に降り立ち、彼女の小さく細い両肩を摑んだ。

「それでも生きてる理由が欲しいってんなら自分の気持ちに聞いてみろ。生きる理由なんて自分の気持ち1つで十分だ。……もう一度聞く。お前を生贄に欲しがる悪魔はあの様《ざま》だ。学長にもエルザにも好き勝手はさせない。その上で、堅苦しい理屈抜きでお前自身はどうしたいんだ？」

望んではいけないことだと思っていた。誰かの思惑に囚われることなく、ただ自由に生きることなど、純血思想や悪魔に囚われない人生を享受してきた者の特権のようなものだと、そう思っていた。望んで期待を裏切られれば余計に悲しくなるだけだと。

だが今、目の前には全てのしがらみを滅ぼす者が居る。いかなる邪悪も破壊し、心の枷《かせ》を引き

千切れる者が、他の誰でもない自分のために戦ってくれている。

【……私は……！】

望んでもいいのだろうか？　口から出ることのない問いかけに、シヴァは真っすぐな視線で頷き返す。

【私は……悪魔の生贄になんかなりたくない……！　まだ生きて何も成せていない……！　まだ、何も出来ていない……！　死ぬのは……死ぬのは怖いよぉ……!!】

それはセラが小さな体の奥底に押し込め続けた悲鳴だった。10代の少女らしい、10代の少女として当たり前の感情。長い前髪に隠された宝石のような瞳からボロボロと零《こぼ》れ落ちる大粒の涙は、燃える空の光に反射して輝きながら地面で弾けた。

【だから……どうか……！】

力ない少女はたった一つ残された意志の力を、魔道具を握る手と瞳に宿し、世界最悪の大賢者と呼ばれた男に乞う。

【どうかお願い……！　未来に立ち塞がる……その全てを、壊してっ!!】

安寧の死を望んでいた少女が、生まれて初めて誰かに伝えた生への渇望。それを受けて、シヴァは彼女の頭に手を置く。

「良かった……それが聞きたかったんだ」

シヴァは力強く立ち上がり、黒煙を上げながら地面に墜落してきた悪魔を見据える。

「生きることを望んでいるなら、それを望み続けろ。……奇跡なんて信じなくてもいい。ただ俺を信じてくれないか？　そうすれば、俺がお前の望んだ場所まで連れて行ってやる」

そして、古の時代に世界に轟《とどろ》き恐れられた破壊の炎は、今再びその猛威を振るった。

灼熱と爆風が吹き荒れ、目にも留まらぬ高速移動と途方もない膂力《りょりょく》、炎の化身すら焼き尽くす業火でシヴァは悪魔たちを蹂躙する。

奇跡など期待しない。そう自分に言い聞かせてきたセラは、今目の前で繰り広げられる奇跡のような光景に目を奪われた。

「ぎゃああああああああっ!?」

「あづぁああああああああっ!!」

シヴァに顔を鷲摑みにされたマーリスとエルザは、自分の頭を握り潰さんとする腕を摑む以外はほぼ無抵抗のまま焼き尽くされ、悪魔が口から放った熱線はシヴァが口から撃ち返した熱線に押し返され、もはや原形すら留《とど》めない溶岩の海と化した荒野を吹き飛ばしながら悪魔を呑み込む。

虐げられた娘を救うために、颯爽と現れた男が悪を倒す。現実ではそうあることではない。実際に起きれば奇跡のようだが、目の前のそれは奇跡のようであって奇跡ではない。

呪いと圧倒的な太古の戦力に追い立てられながら、必死に生きてきた男が現代で繰り広げる、必然にも似た救出劇だ。

「はっはぁ!!」

『がぁあぁっ!?』

燃え盛るマーリスとエルザはさながら砲弾の如く投げ飛ばされ、悪魔の胴体を大きく抉ると共に四散する。仰け反った悪魔は追撃として放たれた踵落としを頭に受け、頭蓋を爆散させながら溶岩の海に沈んでいった。

「……ぁ……さっ……!!」

声を発せられなくなった喉が、唯一思い出の拠り所であった実母を呼ぶ。

――――いつかきっと、セラにも素敵な王子様が現れるわ。

精霊であった母がまだ幼かったセラを膝の上に乗せながら語ってくれた、囚われの姫と白馬の王子を取り巻くありふれた物語。そんなものが現実で起こるはずがないのだと思うことで、絶望だらけの人生を諦めながら歩いてきた。

(白馬の王子様じゃなかったけど……みんなから怖がられる《破壊神》だったけど……本当に現れたよ。……お母さん……!)

視界が涙で滲《にじ》む。こうして安心しながら涙を流せるのは一体いつ以来だろうか。

「あっ……ぁぁ……あぁっ……あ……!!」

悪魔とマーリス、エルザはセラの絶望そのもの。逆らうことすら出来ない絶対者。そんな絶望の象徴が、焼き尽くされていく。母の言葉と、娘に向けた幸福であってほしいという願いは、間違いではなかったのだと安堵して、セラは言葉にならない、酷《ひど》くくぐもった声を上げて泣いた。

「おのれおのれおのれぇえええええっ!!　なぜ邪魔をするのだ、《炎の悪魔》……《破壊神》よ!!　世界を滅ぼそうとした残忍極まる貴様に、あの薄汚い混血1人を助ける理由はないだろう!?」

「だ・か・ら!!　そういうのは全部誤解なんだっての!!」

人の話も聞かずに酷い誤解を受けるシヴァは悪魔の足を掴んで振り回し、エルザに叩きつける。挙動の全てが破壊の嵐を巻き起こす今のシヴァはせめてその誤解は解こうとしたが、当然の如くマーリスは聞く耳を持たない。

「あの娘が贄となってアブロジウス家が繁栄を取り戻すのは決定事項なのだ!!　誰にも拒否も異議を唱える権利も与えられていない!!　強き者が弱き者を搾取するのはこの世の理……すなわち、運命であろう!?」

「違うな。運命だの世の理だの、そんなものは存在しない。互いの意思がぶつかり合えば、後は勝者だけが我を通せるのがこの世界だ!!　個人的な強さや社会的な権力に名声……そういうのが有利なのは認めるが、必ずしも勝者であるとは限らない。お前らが散々弱いと見下したセラ自身の意思が、俺を引き寄せたようになぁ!!」

マーリスが放つ水と風の螺旋《らせん》を突き破る無数の熱線が彼の全身を貫く。悪魔の力を得て人類の攻撃では死ななくなったマーリスは瞬く間に肉体を再生させるが、精神的な疲労は蓄積されるもので、再生を終えたマーリスは溶岩に足を焼かれながら荒い息を吐く。

「ぐ、ぎぎぎぁあああ……!　ぬ、ぐぅ……!　アレは私が生ませた私の娘だ……私がどうしようと勝手だろう!?　一体何が楽しくてアレに肩入れし、我らの悲願を邪魔するというのだ……!」

「そういうところが、俺がお前らに牙を剝く理由なんだよ。これが赤の他人なら俺もここまでやらなかったがな……お前らは、俺の一番大切な奴を泣かせ過ぎた」

炎の噴射によって宙に浮くシヴァは、物理的にも立場的にも遥か高みからマーリスを見下ろし、厳然と告げた。

「お前らがいる限り、セラは望んだ未来に行けない。……だから『娘さんをください』なんてありふれたセリフは言わない。滅ぼしてでも奪ってみせる」

こんなに酷い父親への挨拶があるだろうか。

だが、そうしなければならない。幾らシヴァでも、仲良くなりたい者と仲良くなりたくない者、見逃してもいい相手とそうでない相手の区別くらいはつく。彼らを見逃せば、再びセラに牙を剝くであろうということは容易に想像ができた。

「ふ、ふざけ……うぐっ!?　がぁあああああああああっ!!」

「お、お父様!?　一体どう……がっ!?　ぁあああああああああっ!!」

シヴァの物言いに怒り心頭に怒鳴り散らそうとした矢先、突如マーリスが苦しげな悲鳴を上げる。エルザは思わず駆け寄ろうとするが、それよりも先に彼女も父と同じような悲鳴を上げ始めた。

一体何事かとセラが目を白黒させていると、2人に信じられない変化が訪れる。全身が黒光りする甲殻のようなもので覆われ、頭は左右に開く大顎が特徴的な虫のものとなり、背中には蛾《が》の翅《はね》が生えた。

「「ギチチチチチチチィィッ!!」」

「やっぱり、こうなったか」

もはや人外の容貌。血涙を流しながら痛ましい悲鳴を上げる2人を見ながら、セラの下に降り立ったシヴァは鼻で軽く溜め息をつく。

【2人は一体どうなってしまったのですか?】

「悪魔の魔力に呑まれたのさ。元々、人類の膿《うみ》から生まれた悪魔の力は、人類とは相性が良くないしな」

人類の恐怖や罪悪、絶望といった負の感情が凝って生まれたのが悪魔。その力は人類との融和性こそ高いが、強すぎる力ゆえに、並の者が手を出せば短時間で魔力に全身を蝕《むしば》まれ、それに適応する化生と化して、地獄のような痛苦を生涯味わいながら魔力の元々の持ち主である悪魔に服従する存在……眷属に成り下がってしまう。

恐らくマーリスはそのことを知らなかったのだろう。儀式契約において自分が上手《うわて》だったと自負していたようだが、結局悪魔の手駒になるのであり、彼らは悪魔の手のひらで踊らされていたにすぎない。

「眷属化と……4000年前はそう呼ばれていた現象だ。……悪魔め、最初《ハナ》っからそうするつもりだったな。魂まで変質してしまってるから、もう助けられない。……このまま2人とも始末することになるけど、それでもいいか？」

「………」

意外にも、哀悼にも似た感情がセラの中で沸き上がった。どんなに虐げられても、マーリスは実父であり、エルザは形はどうあれ血を分けた姉なのだ。それがあのような痛ましい姿になってもなお、苦し気に絶叫を上げる2人を見て思うところが無いわけではない。

ならば尚の事、葬ってやらなければならないのではないだろうか？　血涙を流す眷属と化した2人を見て、セラは小さく頷く。

『……認めよう……！　極めて業腹だが、貴様の力は最強種すら凌ぐということを……！　だが所詮は人の子だ。貴様には我を殺せず、我には貴様を殺す手段がある！』

全身の火傷《やけど》を修復しながら、溶岩から空中に飛び立った悪魔から膨大な魔力が放出される。すると、眩《まばゆ》い光に包まれた悪魔が1人から2人、2人から4人と、倍々式に増えていくのだ。しかもそれぞれから感じる魔力は、悪魔と全く変わりがない。

権能魔法によるものだとすぐさま推察する。権能魔法は発動者が望んだ事象を過程を無視して引き起こすなんでもありの魔法。こうしてオリジナルと遜色のない力を有する分身を無限増殖させることも可能だ。

「単体じゃ敵わないから数に頼るか。それはお前が散々見下した人類の専売特許みたいなもんだぞ？」

『なんとでも言うがいい……悪魔たる我が矮小な人の子1人倒せぬ……そのことこそが問題なのだ』

プライドよりも勝利という譲れない大前提を優先し始めた悪魔。逆に言えばそこまで追い込まれているのだろう……窮鼠《きゅうそ》が猫を噛むように、シヴァを倒すのに足りない戦力を無理矢理増やしてきた。

その数は実に数百体は居るだろう。人類では殺せない無数の悪魔と、ついでに眷属化したマーリスとエルザがシヴァとセラを取り囲む。これだけ揃えば、シヴァすら倒せるのではないかと思わせる大軍勢だ。

『これで終わりだ。我は原形となった貴様を殺すことで、本物のシルヴァーズになり代わってみせよう』

そして一斉放火がシヴァとセラに浴びせられる。これだけの攻撃を受ければタダでは済まないと確信を持った悪魔だが、屈辱と焦りに囚われた悪魔は失念していた。

なぜ、4000年前にシヴァが神殺しとまで言われたのかを。迫りくる無数の軍勢を滅ぼし、《滅びの賢者》と恐れられた所以を。

「あぁ、そうだな。もう聞くべきことも聞いたし、これで終わりにしよう」

シヴァの手元に炎を撒き散らしながら、とある物が召喚される。それは賢者の最大の武器である知恵を象徴する、一冊の魔導書だった。

紙ではなく、何かの皮膚で出来た黒い表紙に金属の装飾が施されたその本の1ページ目を開き、シヴァは魔導書の名を唱えた。

「出番だ。熾《お》きろ、《火焔式・源理滅却《アヴェスター》》」

シヴァから放たれる熱波は先ほどまでとは比較にならないほどに温度を引き上げる。シヴァを包む炎の衣や焔の髪が形を変え、電流が迸る青白い閃熱《せんねつ》となったのだ。圧倒的な温度上昇による電離……いわゆる、プラズマと呼ばれる現象だ。

全身に走る紋様も蒼《あお》く染まり、もはや太陽そのものが現れたのではないかという熱量が放出される。シヴァは蒼の閃熱を自在に操り、広範囲にわたって悪魔の分身たちを一気に100以上薙ぎ払った。

『無駄だ。いくら威力が上がろうと、概念によって守られた我らを殺すことは――』

できない……という言葉は呑み込まれた。なぜなら全身が焼失した分身も、体の一部だけが焼失した分身も、何時まで経っても肉体が元通りになる様子がないからだ。

どんなに威力があろうとも、普通なら瞬時に肉体が復元されるはずなのになぜ？　……その疑問は、他の誰でもないシヴァ本人の口から答えられた。

「万物万象全てには、それを構成する大本が存在する。それは素粒子だったり、魔力だったり、概念だったりと様々な呼ばれ方をしているが、俺たち魔術師はそういった一なる構成要素を一括《ひとくくく》りにして根源と呼んでいる」

シヴァが《滅びの賢者》、《破壊神》とまで恐れられた最大の理由。何者も抗うことができない終末の閃熱が灼熱地獄を焼き始めた。

「これはな、存在する全ての根源を最速で焼き尽くす閃熱を俺が操る全ての炎に付加する魔法だ。お前の分身が復活しないのも、人類では殺せないという悪魔の概念を、効果が発揮される前に根源から焼失させたからだ」

悪魔は両眼を大きく見開き、愕然とした。今シヴァは間違いなく、最速で全ての根源を焼き尽くすと言ったのだ。

例えば水を掛ければ火は消える。仮に全ての魔法を消し去る反魔法があるとしよう。しかしそれらも全てが無意味……最速とは文字通り、全てに先んずるということ。水が火を消すという事象を発生させる前に、あの灼熱は水を構成する素粒子を焼き尽くし、反魔法がシヴァの炎を消すより先に、あの炎は反魔法を構成する根源を焼失させる。

神々や悪魔を守る概念が機能しなかったのも同じ理屈だ。概念によって悪魔が守られるよりも先に、概念を構成する根源そのものを焼き尽くされては復活など出来るはずもない。

故にあの魔導書の名は《火焔式・源理滅却《アヴェスター》》。世界でただ1人、シヴァだけが持つことが出来る全てを滅ぼす魔導書である。

「そして分かるよな？　こんな灼熱を放出し続ければどうなるかくらい」

天地は鳴動を始める。青白い灼熱が時間や空間を構成する要素を触れた先から焼失し始め、悪魔が作り上げた異界が崩壊を始めたのだ。

「生贄を得ていないお前が力を振るえるのはこの異界があってこそだ。その異界が無くなれば必然的に、お前はほぼほぼ無力な存在となって焼き尽くされる」

『……お……うぉおおおおおおおおおおおっ!?』

そうなればもはや悪魔に勝ち目はない。それを悟るや否や、一斉に襲い掛かり始める悪魔とその眷属たち。焦らざるを得ないのも当然の話だ。

しかしそれを当然のごとく見抜いていたシヴァは、魔導書のページをめくって記された魔法陣に魔力を注ぐ。《火焔式《アヴェ》・源理滅却《スタ ー》》は全てを焼き滅ぼす魔法と、その派生形の魔法が無数に記された魔導書だ。ゆえに、対多勢用の殲滅《せんめつ》魔法も記されている。

『グォオオオオオオオオオオオオオオオオッ!!』

青白い閃熱が巨大な三頭竜を形作り、けたたましい咆哮と共に悪魔の分身たちを食い散らかし、3つの口腔から放たれる灼熱で跡形もなく焼き尽くしていく。それを見た悪魔は思わず怯《ひる》んでしまうが、それでもまだ余裕の笑みを浮かべることが出来た。

『無駄だ!　如何に範囲を広げたとしても、我が分身を生み出す方が早い!!』

減らされた数以上の分身を次から次へと生み出す悪魔。確かにこのペースでは何時まで経っても終わりがないが、シヴァもまた泰然とした様子で告げた。

「お前こそ気が付かないのか？　この三頭竜が、アヴェスターの閃熱で編まれた自立型立体魔法陣であるということに」

『何だと!?』

つまりこの暴虐の限りを尽くす三頭竜自体が殲滅魔法ではない。これから三頭竜が繰り出す魔法……それこそが真の殲滅魔法なのだ。

三頭竜の上空に青白く輝きながら雷電を撒き散らす光の輪が生み出された。その円環は徐々に小さくなりながら輝きと熱量を増幅させる。

「焼き払え！　《光輪のダハーカ》!!」

収束から一気に解き放たれた光の輪は世界の果てまで広がり、通過する全てを焼き払う。分身たちも、眷属と化したマーリスとエルザも、悪魔や異界そのものすらもだ。

（思い……出した……）

首から下を全て灼熱に呑み込まれた瞬間、悪魔は走馬燈のように過去に聞いた話を思い出した。自分が生まれるよりも前、自身の原形となったシヴァが炎熱を操る者の頂点に立った時の噂話を。

かつて世界にはクリアやイドゥラーダに匹敵する、太陽神が存在していた。太陽の信仰は世界に幅広く存在し、かの神族はそれら全てを力に変えて絶大な存在となったという。

そんな全ての炎熱の頂点に立つ存在であった太陽神を倒し、その座に取って代わった破壊の化身。神威を陰らせぬために秘匿とされた、シヴァのもう一つの異名。

すなわち……《太陽神を焼き殺した者》。

円に広がる閃熱は、まるで消しゴムで絵を消すかのように異界を焼き尽くしていく。

根源滅却の炎に焼かれた異界は、悪魔やマーリス、エルザと共に消滅し、シヴァとセラは元の世界……公爵邸の中庭に放り出された。

真上に輝く月と星を見るに、きっとまだそんなに長く経っていないのだろう。まるで夢でも見たような経験だったが、青白い閃熱から紅蓮に戻った炎の衣を纏うシヴァを見て、一連の出来事は夢ではなかったのだと実感させられる。

本当に……セラは現実の悪夢から解き放たれたのだ。悪意の塊であった実父や義姉も、契約で繋がっていた悪魔の存在も今は感じられない。そのことに関して、一体どのような言葉を魔道具に浮かべればいいのか迷っていると、シヴァの腹の虫が盛大に鳴った。

「晩飯もまだだし、お前も疲れてるだろうから、家に帰って着替えてから外食にでも行くか」

あの激闘などなんでもなかったかのように、いつも通りに振る舞うシヴァは煌々と燃える炎の衣に照らされながら、暢気に笑う。

「また一緒に飯でも食ってくれよ、セラ。誰かといつも一緒に飯食うの、夢だったんだよ」

セラは頷いた。頷き、下を向いたまま静かに、再び泣いた。もしあのまま悪魔の生贄になることを受け入れていたら、1人の食事が寂しいと言っていた彼と共に、もう一度団欒《だんらん》を囲むことも出来なかっただろう。

それが申し訳ないやら、そうならずに嬉しいやら、なんだか複雑な気持ちのまま、セラはシヴァの胴に頭を付けながら、静かに嗚咽《おえつ》を溢《こぼ》し始める。

同じく炎の衣でセラを守りっぱなしにしていて良かったと、シヴァは彼女の頭の後ろにおずおずと手を回す。一目惚れした少女との物理的な急接近にドキドキしながら、なるべくそれを感づかせないように、シヴァは上を向いた。

「帰ろう、セラ。俺たちの家に」

## エピローグ

# 友達から始めよう

# 1

艱難《かんなん》の日々が終わったのだとセラが完全に自覚できたのは、翌日の朝だった。

（……また、ここに戻ってこれるなんて……）

セラは自分用に用意された小さな個室のベッドの上で目を覚ます。朝食の準備や朝の洗濯など、何かとやることの多いセラは眠りの浅いシヴァと同じくかなり早起きだが、今日は休校日……急ぐ必要があまりない。

（……ご飯作らないと。それからえっと……）

しかし根が真面目な彼女は休みだろうとなんだろうと、やるべきことがあればそれを先に済ませてしまおうとする。学生なら、こんな日は休息に努めて家事の手伝いなどしない者も多いのだが、この屋敷で唯一家事が出来る……というか、シヴァに任せれば大惨事が目に見えるのでセラがやるしかないのだが……自分がやるしかないのだ。

「…………」

とはいっても、それはなんら苦ではない。今までは自分のためだけの家事を全て自分でこなしていたが、こうして素直に喜んでくれる相手がいると俄然《がぜん》やる気が出てくる。

シヴァは毎日お礼を欠かさないので尚更だ。自分にできないことをしてくれるからか、はたまた共に暮らして家を任せられるからか、お礼を言う時のシヴァは本当に嬉しそうで、セラも小さな体でそれに応えたいと思っている。

(……これが、前を向いて生きること)

大した理屈はなくとも、ただ感情だけが生きる理由になる。まだ自分本位の在り方は見つけられないが、誰かと共に生きていきたいと思わせてくれる。

つい昨夜までは、何時《いつ》この平穏な日々が終わるのだろうかと不安で不安で仕方がなかったのに、今はこの日々をどうすれば守れるのかと思えるようになったのだ。

不安しか抱えていない後ろ向きな感情ではなく、未来への展望を夢見て進むことがシヴァが言っていた「セラ自身が望む在り方」だというのなら、それはとても素晴らしいものに思える。

母が死んでから、こんなにも晴れやかな気持ちになったのは初めてだ。

(この代償が、あの人たちの死だと思うと、胸が痛いけど……)

とても家族とは思えない関係ではあったが、マーリスとエルザが死んででも自分が良ければそれで良いと思えるほど、セラは豪胆にも残虐にもなれない。

それを昨夜の帰路でシヴァに告げた時、彼は静かな口調でこう言った。

――――これは俺個人の考え方だけど、どんな生き物も奪い合いから逃れられねぇ。だから敵を食らって生き残った俺たちは、どんなに苦しくて、悲しくても、選んだ道を最後まで責任持って歩き続けるのが、筋ってもんじゃねぇかな？

遥か昔、生きるために幾億の人々をその手で殺《あや》め、世界中から呪詛《じゅそ》を吐かれてもなお、生きることを選んだ男の言葉は重かった。

実際にマーリスとエルザを手に掛けたのはシヴァだが、その彼に助けを乞うたのは自分自身。だから自分もシヴァと同じ罪を背負って生きると決めた。

途中で躓《つまず》き、立ち止まり、思わず後ろを向いてしまうこともあるかもしれないが、それでも最後には前を向いて歩いていく。そうしなければ、何のために2人が死んだのかも分からなくなってしまうではないか。

「…………？」

そんなことを考えながら物干し場で服やタオルを吊《つる》し、洗濯籠を抱えて洗面台に戻ってきたとき、ふと目の前が見え難《にく》くなった。

視覚的に何かに遮られたわけではない。……ただ一点、ずっと昔から自身の目元を隠していた長い前髪を除いては。

この長い前髪は、シヴァと出会う以前、周囲の悪意から唯一セラを守ってきた防壁のようなものだ。体を守ってくれたわけではないが、周りから向けられる悪意や嘲笑の視線から自動的に目を隠してくれた。

（もう慣れたと思っていたのに……）

長年、俯《うつむ》きがちだったせいで気づかなかったのか、それとも気持ち的な問題なのか、この前髪が急に煩わしくなってきた。そして、これから先を生きていくのに、もうこの前髪は必要ないのではないかとも思えてきた。

セラは目元が見えない鏡の中の自分をしばらく眺めると、近くの引き出しから髪切りバサミを取り出す。

――さようなら。今まで、ありがとう。

これから直視することになるであろう様々な視線。こんな自分を今まで守ってくれていたことへの感謝。様々なことに想いを馳《は》せながら、セラは恐る恐る自分の前髪にハサミを入れた。

## 2

「……今思えば、俺は結構ヤバいことをしたのではないだろうか？」

この時代に来てから最初の、権力者の殺害。4000年前までは割と頻繁に行われていた気がするが、この平和の時代ではかなりの大事だろう。

ましてや相手はアムルヘイド自治州を統括する貴族たちの1人で、今住んでいる学術都市を治める有力者で賢者学校の長。少なくとも、この地が荒れることが予想出来る。

〝結構〟などと言っているあたり、シヴァの認識の甘さが窺《うかが》えるだろう。実際はとんでもなくヤバいのだ。具体的に言えば、公爵を殺害した平民として死刑待ったなしというくらい。

「まぁ……バレたらセラを連れて世界の果てまで逃避行するか？」

とは言っても、そこは世界最強最悪と恐れられた《滅びの賢者》。一国を相手取ってもどうにでもできる自信と実績がある。

強いて不安を述べるなら、シヴァの行いが発覚した場合は賢者学校退学が間違いなしということか。ようやく高校デビューを果たしてリア充になれるかと思ったのに、入学して1ヵ月も経たないうちに生徒からも教師からも怖がられて、友人の1人もできなかったことが悔やまれる。

「……まぁ、周りは学長とエルザが死んだことにも気付いていないそうだけどな」

早朝に《灯台目《ローゲル》》で公爵邸を確認してみたが、皮肉にもマーリスが中庭に張っていた隠遁《いんとん》の魔法と、悪魔が生み出した異界のおかげで、屋敷の住人の誰にも昨夜の戦いは知られておらず、ただ公爵とその娘が忽然《こつぜん》と居なくなったという認識だけのようだ。

死体どころか証拠も残っていないのでしばらくは失踪扱いになりそうである。動機的な意味合いで、虐げられている娘のセラを屋敷に住まわせて、公然とエルザと対立したシヴァが疑われる可能性は高いかもしれないが、事件に関与していると断定することは難しいだろう。

（そういうわけで、今日は《灯台目《ローゲル》》で様子を見ながらゆっくり休むとしようかね。……家事はできないけど、この無駄に広い庭の草抜きくらいなら出来るだろうし）

シヴァは庭に出てグルリと辺りを見回す。

この屋敷を購入し、セラと共に暮らし始めてしばらく経ち、シヴァもようやく理解した。自分は家事に一切向かないダメ人間であると。

結局、炊事洗濯掃除はセラ任せになってしまうが、せっかく広い庭があるのだから、散らかっても大して問題にならない外でくらいなら何かをしたいところだ。

「雑草に覆われて目立たないけど、池跡や石畳もあるしな。今までは壊してばかりだったから、これからは見栄えの良い庭とか作りたい」

セラも生きると決めた。なら自分も変わらなければならない。壊してばかりの人生ではなく、これからは何かを生み出せる者になりたい。

（そして目指せリア充！　ってな）

高校デビューは失敗した。それはもうものの見事に。しかし学校生活はほぼ3年間残っている。諦めなければ、きっと今の周りの評価だって変えられるはずだと、シヴァは両拳を天に突き上げた。

「……お。セラも洗濯終わったみたいだな」

その時、トテトテと軽い足音が近づいてくる。間違いなくセラだろう。シヴァは「今日の朝食は何だろ」と暢気《のんき》なことを考えながら振り返り……思わず固まった。

【……おはよう、ございます】

「お、おう。おはよう」

そこに居たのは前髪を切り、一目惚れした時に見た容貌を現したセラだった。

切ったと言っても依然として長い前髪だが、それでも宝石のような翡翠《ひすい》の瞳が露《あらわ》になるくらいには切り揃えられており、整った容姿と調和している。

こうしてセラの素顔を拝むのは初めて会った時以来だ。茫然と見つめてくるシヴァに何処《どこ》か不安そうに表情を曇らせ、セラはホワイトボードを見せる。

【あの……どう、ですか？　髪……変ですか？】

「はっ!?　いやいやいや！　全然変じゃないぞ！　イメチェンしたんだな！　凄い似合ってる！　うん！」

思わず胸がドキドキしすぎて周囲の温度が上がり、周りの雑草が炭化しているくらいには、セラの容姿は完成したと言ってもいいだろう。

ホッとした表情を浮かべる彼女にシヴァも内心で安堵の息を溢《こぼ》す。以前本で「女性の身なりに目敏《めざと》く気づき、変化を褒めるべし」という項目を見つけて重点的に読んでいて良かった。でなければ返答に詰まっていたかもしれない。

……ちなみに、その本のタイトルは『ラブラブ♡デート大作戦』である。いずれ訪れて欲しい未来のための予習だ。

【シヴァさん……ありがとうございます】

「……ん？　ど、どうした？　急に改まって」

そんな文字をホワイトボードに浮かべ、ぺこりと頭を下げてきたセラにシヴァは困惑する。

【貴方《あなた》がいてくれたから私は死にませんでした。未来も何もかも諦めてた、死んでないだけで生きてもいない私がようやく〝生きていたい〟って思えたのも、シヴァさんのおかげです。だから……そのお礼です】

「……俺は俺の欲求に素直に従っただけだから……そうも真っすぐお礼を言われるとむず痒《がゆ》いな」

男として、セラが欲しいという欲求。それが根本にあったからこそ、こうも曇りのない眼で見つめられるとなんだか照れる。

２人の間に奇妙な沈黙がしばらく流れ、セラは意を決したように再びホワイトボードを見せてきた。

【あの、シヴァさん……。こんな私でも……強くなれますか？】

「……強くなりたいのか？」

セラはコクリと頷《うなず》く。

【今までずっとされるがままに生きてきました。……でも、これからは自分の足で歩いていきたいんです。逆境にも、理不尽にも、自分じゃない誰かにも流されずに、自分が決めた道を歩いていきたい。…………それが、どんなものなのかは、あまりよく分からないけれど】

「……そっか」

【……私も、そのくらい強くなれますか？】

「それは……正直、やってみないと分からん」

セラの問いかけに、己《おの》が生存欲求を世界相手に貫いてきた《滅びの賢者》は厳然たる事実を告げる。

「未来はあまりに不確かで、この先どうなるかなんて俺にだって分からない。でも、少なくともやらなきゃ何も変わらないってことくらいは俺にだって分かる。フロンティアスピリッツってやつさ。保証のない先に足を踏み出すのが、何かを変えるための第一歩だと、俺はそう思うぞ？」

大切なのは意志。どんなに苦しくても乗り越える勇気が、目の前の優しくて弱い彼女を強く変えるのに必要だ。決して容易ではない未来に挑もうとしているセラに、シヴァは明るく笑いかけた。

「それに言ったろ？　俺がお前の望んだ場所に連れてってやるって。……というか、俺のリア充への道も前途多難だし、隣で一緒に頑張ってくれる奴が居てくれると励みになって有り難い」

若干落ち込みながら本気でそう言うと、セラはようやく笑ってくれた。悲しみも何も混ざっていない、混じりっけのない心からの笑み。それこそが、シヴァが初めてセラと出会った時から一番見たかった表情だ。

「お前が望む強さが何なのかは俺にも分からんが、それが手に入るまで俺も手伝ってやる。……その代わりと言っちゃなんだけど、俺の頼みも聞いてくれないか？」

「…………？」

セラは首を傾げながらも頷くと、シヴァは顔を真っ赤にしながら口をモゴモゴと動かす。

「その……だな。えぇっと……俺たち今まで、成り行きで一緒に暮らしてきただろ？　でも別に俺たちの関係は家族でもなんでもないんだよ。……もちろんこのまま一緒に暮らしてくれると嬉しいんだけど、その前に確かな繋がりが欲しいんだよ。一緒に暮らしていくための義理みたいなのが欲しい」

赤い顔。どこまでも真摯な表情と視線。片膝をついて自分の手を握るシヴァに、セラもなぜかつられて顔が赤くなり、心臓が激しく動悸《どうき》し始める。

「だからまず……俺と友達から始めてくれないか!?」

シヴァはヘタレた。本当は「結婚を前提に～」とでも言って一気に深い関係に持って行こうと思ったのだが、いくらなんでも踏み込み過ぎだと思って半歩引き下がってしまった。

どうしてこういうときに限って男らしくなれなかったのか……未知なる未来への恐怖は世界に恐れられた男でも恐ろしいものだが、セラに言った傍《そば》からこれってどうなの？　と、ここぞというときに決められない情けなさに、シヴァは両手両膝を地面につけざるを得ない。

「………………」

それでも、セラ本人がどう思うかはまた別問題。項垂《うなだ》れるシヴァの肩をチョンチョンと指先で突《つつ》き、情けない顔を上げる彼に向かって、セラは短いが大きな文字が浮かぶホワイトボードを笑みと共に見せつけた。

【はいっ】

なんだかんだあって、ようやく正式に友達から始めたシヴァとセラ。恥ずかしそうにさっさと屋敷の中に戻るシヴァの背中を見送り、セラはふと疑問を浮かべる。

（……あれ？　友達から始めるって……次は何か別の関係になるってことでしょうか？　でも一体何に……？）

誰でも分かる展開に気付かない鈍感なセラに、シヴァの想いが通じるのはまだ先の話。

番外編

# 2人の育て親

（なぜこうなったんでしたっけ……？）

セラは目の前の惨状にただ茫然とし、シヴァはその隣で顔を両手で覆ってさめざめと泣いていた。

「す、すまん……やっちまった」

【お庭の掃除をしていたのに、どうしてこんなことに……？】

3割以上が焼け野原と化した庭に大穴が開いた塀。まるでどこぞの魔術師にでも強襲を受けたのかと言いたくなる有様だが、実際はシヴァの庭掃除の結果である。

屋敷内の掃除はともかく、外の掃除なら大丈夫だろうと高を括り、セラが屋敷の中の掃除をしている間に草抜きをお願いした結果がコレなわけだが、一体どうして雑草抜きをしていてこうなるのか、甚《はなは》だ疑問だ。

「いや、俺も最初は普通に草を抜いてたんだよ……そしたらな、何かデカい毒蜂の巣がそこにあった木にできてたのを見つけたんだ」

今はもう炭と化した地面だけで原形も残っていないが、シヴァが指さした場所には確かに1本の木が生えていたのをセラは覚えている。

「今までの反省を踏まえてほんのちょっと軽く手で払いのけるつもりだったんだ……だけど」

【加減……間違えましたか？】

「…………すまん」

しょんぼりと項垂《うなだ》れるシヴァの頭を、セラは背伸びしながら優しく撫《な》でる。とりあえず毒蜂の駆除をしようとしてくれたのは分かったし、このくらいの被害は今に始まったことでもない。悪気がなく、良かれと思ってやってくれたのは知っているとセラは言外に伝えた。

悪魔を討ち取り、セラが実家の呪縛から解放されてから数日。2人は不器用ながらも手を取り合いながら過ごす日々を続けていた。

現実世界で巻き起これば、それこそ一国が火の海に沈むのではないかという戦いがあった後とは思えないほど穏やかな日々。そんな中で、セラはシヴァの習慣……というよりも、趣味のようなものを見つけた。

【……シヴァさんは暇があればいつも本を読んでいます。読書が好きなんですか？】

この屋敷の一室は、既に本で埋め尽くされている。魔導書を始めとした魔法関連のジャンルだけではなく、科学書や図鑑、哲学や神話学、民間伝承の本。更には体験録や料理本、恋占いの本など、実に幅広いジャンルの本が揃っていた。

そんなもはや書庫とでも言うべき部屋の中、隣に本を山積み状態にして床に胡坐《あぐら》をかきながら伝奇小説を読んでいるシヴァ。どうやら彼はかなりの読書家で、本を読むのが好きなのだと思っていたのだが、どうも彼はしっくりこないとばかりに首を傾げたり顔を顰《しか》めたりしている。

「あー……どうだろう。本が好きというか、なんかもう習慣みたいな感じというか……本で知識を蓄えるのは、子供の頃からずっと繰り返してきたことだからな。読んでる分には楽しいから好きだとは思うんだけど……元々は必要に迫られてって感じだったし」

「……？」

必要に迫られて本を読む……という状況がいまいちピンとこないのだろう。しかもシヴァの子供の頃というのは4000年前のことだから尚更である。

「そうだな……せっかくだし、ちょっと思い出話でもするか」

そう言ってシヴァが本を閉じて向き直ると、セラもそれにつられてシヴァの前で床に腰を下ろした。

「呪いを掛けられてから1年くらい経った頃、その時の俺はまだちょっと火の球を出せるくらい魔法が使える程度で、魔物からも人からも逃げながら暮らしていた」

とにかく生きることで精いっぱい。なんとか強くならなければいずれ殺されてしまう。そんな死の予感を抱えながら放浪していたシヴァ。当時まだ子供だった彼が1年も野で生きていられたことが奇跡だったのだ。

「でもあるとき、辺りの魔物の駆除をして野営キャンプを張ろうとしていたエルフの精鋭部隊に見つかってな。呪いの影響で俺は悪魔みたいな存在にしか見えなかったらしいから攻撃を受けたんだ。で、必死で逃げて戦争で滅んだ街の跡地で瓦礫の陰に逃げ込んで追っ手を撒くことができたんだけど、そこには妖精が住んでたんだよ」

【妖精？】

妖精とは人工物に宿った霊的存在のことだ。人の情念が大気中の魔力と同化し、身近にある物に宿ることで誕生する種である。家を守るブラウニーや東洋でいうところの付喪神《つくもがみ》などが有名だろう。

「無数の本に宿った妖精が集合して、図書館そのものを取り込んで生まれた大妖精、リーヴシラシス。国が滅んで建っていた図書館そのものも焼け落ちたんだが、リーヴシラシスは蔵書を地下室に全て移動させることで存在するための体《てい》を守っていたらしい」

妖精は宿った人工物が破壊されると消滅してしまうが、リーヴシラシスのような集合体にはある程度の融通が利き、例外を生み出すこともできる。今回の場合、存在を構築した大本の人工物が図書館ではなく本だったからこそできた芸当だ。

「そんな大妖精にはこの世のあらゆる物や生物、事象の詳細を閲覧して記録することが出来るっていう変わった力があってな。俺の外見や言動は悪魔そのものにしか見えなかったみたいだが、詳細を閲覧することで俺の呪いのことや、本当に言いたいことを知ることができたらしい。俺が呪いの詳細を知ったのもその時だよ」

あの大妖精と出会わなければ、人生はかなり違っていただろう。少なくとも、今こうしてセラと共にいるようなことにはならなかった。

「リーヴシラシスは俺を歓迎しているようには見えなかったが、追い出すようなこともしなくてな。置いてある本には魔導書も多く存在していたし、住処《すみか》と兼用の解呪や自営の魔法の研究所として何年か棲みついてたってわけ」

セラはなるほどと言わんばかりに首をコクコクと縦に振った。本だらけの場所で日常的に本を読んでいれば、読書が習慣付くのも自然な話だ。

「しかもあの爺さん、どんな気紛《きまぐ》れなのか、結構頻繁に魔法のことを教えてくれることもあったからな。積極的に指導するわけじゃないけど、聞けば懇切丁寧に教えてくれてさ、なんとかあの混迷期を生き抜けるくらいに強くなれた。……そういう意味でなら、俺にとってリーヴシラシスは魔法の師匠って言えるのかもな」

妙に人間味があって会話をしてくれるという点にも救われたとシヴァは思い返す。あの大妖精が話し相手になってくれたからこそ、シヴァはコミュニケーション障害にならずに済んだと自覚している。

「まぁ、そこらの魔術師とは比べ物にならない知識量を持つリーヴシラシスでも、呪いの解呪方法は分からなかったんだけどな。ホント、何だったんだあの呪い」

【でも……もう4000年前の人ですよね？　会えなくなって、寂しくないですか？】

「別に。だってタイムスリップする3年くらい前には死んじまったからな、あの爺さん」

あっけらかんと告げるシヴァにセラは瞠目《どうもく》する。

「あの時代は、本当にどこで戦争が起こるか分からないような時代だった。それで偶然、軍の魔術師が使った殲滅《せんめつ》魔法に巻き込まれる形で、リーヴシラシスが宿っていた無数の本が全部駄目になっちまってな、別れはその時に済ませた。…………って、何でセラが泣きそうな顔してるんだよ」

「…………」

瞳を僅かに揺らめかせて俯《うつむ》くセラの頭に、シヴァは読んでいた本を軽く乗せる。

「確かに悲しいけど、もう終わったことだ。リーヴシラシスも俺に前を向いて生きろと言い残した。だから今更気にすることじゃないんだよ」

「…………」

シヴァは既に心の中で落としどころをつけていた。なら自分がこれ以上口出しすることではないだろうと軽く頷くと、セラは頭に乗せられた本のタイトルを見て、その本を手に取る。

【この本……お母さんが読んでくれた絵本と同じタイトルです】

「そうなのか？　そう言えば、その『アルクリウスの白王子』っていう小説、子供向けの絵本版が本屋に売ってたな」

『アルクリウスの白王子』。かなり古い伝奇小説で、後世にリメイク版がいくつも執筆されてかなり知名度のある作品だ。執筆者ごとに細部は違うが、悪者に囚《とら》われた姫を白馬の王子が助け出すという王道なストーリーは共通していた。

「セラのお袋さんって、どんな人だったんだ？　精霊だってことくらいしか聞いてないんだけど」

【……ずっと昔、私がほんの子供の頃に死んでしまったので憶えていることは少ないのですが、とても優しくしてくれたことだけは憶えています】

自分と同じ灰色の長い髪を病床の上で広げ、儚《はかな》く朗らかな笑みを浮かべていた母の姿を思い出す。セラが毎日のように絵本を持って部屋を訪れれば、母は何も言わずに笑顔で手招きして、膝に娘を乗せて物語を聞かせてくれた。

【いつも……笑っていたように思います。病気で苦しかったはずなのに、一度も嫌な顔をせずに本を読んでくれて……。私なんかとは違う、明るくて素敵な人】

母がいたとき。その頃がセラにとってなんの疑いもなく幸福を享受できた期間だった。演技だったのだろうが、父親であるマーリスも当時は優しく接していただけあって、その時のセラは本当に普通の令嬢のような明るい性格だったと思い出す。

母を失ってから長い歳月が経ち、その間に色々あり過ぎた。大好きな母親との思い出の象徴であった、この物語のタイトルすらも忘れてしまうほどに。

(……どうして今まで忘れていたのだろう。あんなに大切な記憶だったのに……)

それはきっと、思い出を振り返る余裕すらなかったからだろう。降りかかる理不尽から自分の身を守るのが精いっぱいで、家族を悼むことも幸せな思い出に浸ることも満足にできなかった。

もしも母が今の自分を……17歳にもなって、栄養不足で子供のように小さく痩せっぽちに育ったセラを見たらどれだけ悲しむか、想像するだけでも怖い。

「どうした？　急にボーッとして」

それでも、やっと母の記憶を満足に思い出せたのは、全ての悪夢を破壊しつくしてくれた目の前の青年のおかげだろう。

——ゴメンね、セラ。お母様は天国に行かなきゃならないから、あと少ししかセラと一緒には居られないの。

——やだ！　わたしもおかあさまとずっといっしょにいる！

セラはふと母が亡くなる数日前の会話を思い出した。あの時既に母は自分の死期を悟っていたのだろうが、当時の自分は随分な我儘《わがまま》を言ったものだと思いながら、更にその後に続く会話を思い出す。

——そうね。私もセラともっと一緒にいたいわ。……でも、この先の未来で貴女《あなた》にも必ず現れるから大丈夫。

——……ぐすっ……。あ、あらわれるって……？

——命を懸けてでも一緒にいたいと思える、セラにとっての特別な人がセラを待っている。だって貴女はこんなに素敵な女の子なんですもの。だからお母様は、セラがこの世で一番大切な誰かに会えるって、私が居なくなっても大丈夫だって、確信しているわ。
た。
母が何を思ってそう言ったのかは分からない。もしかしたら、残された娘への単なる慰めだったのかもしれない。しかし今、母の言葉を考えてみると、無意識の内に視線はシヴァに向けられた。

（……ずっと一緒にいたいと思える、私にとって一番大切な人）

その言葉とシヴァの存在が重なった……その時、セラの顔は徐々に赤みを帯び、瞳は揺れて胸が激しく脈動を始めた。

「うおっ!?　どうしたセラ!?　急に顔色がヤバいことになってないか!?」

「……？　……？　……!?」

なぜこうなったのか、年頃の娘のように同年代の少女たちと会話に花を咲かせたことのないセラには、理由が皆目見当がつかない。ただどういうわけか、シヴァの顔を直視出来ず、真っ赤になって変な汗まで流れ出した顔を見せるのが恥ずかしくなり、セラは持っていた本で必死に顔を隠すばかりだ。

高鳴る心臓の鼓動、その原因の名前も意味も分からずに翻弄される少女と、今までにない行動をとられてアタフタと慌てる《破壊神》呼ばわりされてきた青年。そんな今の2人を少し感情の機微に聡《さと》い者たちが見れば、口を揃えてこう言うだろう。

すなわち、「リア充爆発しろ」、と。

# あとがき

《世界中から滅びの賢者と恐れられたけど、4000年後、いじめられっ子に恋をする》……自分で執筆しといてなんですが、世界の敵認定された挙句、タイムスリップしていじめられっ子を好きになった主人公のシヴァは凄い恋愛してますね。

という訳で皆さん初めまして！　タイトル略して《滅恋《ほろこい》》を執筆した、大小判《たいこばん》です！

他にも2作品、「小説家になろう」に投稿して書籍化した小説があるので、そちらの読者様は改めまして、こんにちは！（こんばんは？）

まずはこの小説のあとがきまで読んでくださり、本当にありがとうございます！　ペットのカニンガムイワトカゲのヘタレちゃん共々、感謝を込めて深々と頭を下げたい気分で一杯です。

このままでは延々と感謝の言葉を重ねることになりそうなので閑話休題。

せっかく作者自身の言葉を書き連ねるページを頂いたので、主人公であるシヴァを着想した経緯でも話しましょうか。あとがきとしてはキャラクターの着想秘話って、定番ですし。

といっても大層なことがあった訳でもなし……単に「小説家になろう」で最強賢者ものが流行ってたからなんですよね（笑）。なので全力で流行に乗っかったんですが、如何せん、完璧すぎる主人公っていうのも味気ない……だったら戦闘能力だけは最強だけど、欠点まみれの主人公にしよう！　って思ったんです。

ラノベでは主人公最強ってよくありますけど、そういう主人公ほどこれといった欠点がないものです。性格もほどほどに良く、苦手分野も公表されない。そしてなんだかんだで万人に好かれたり、尊敬されたりします。

そういう展開もいいんですが、かわいい子……自分が生み出した主人公たちには苦労という名の旅をしてもらい、大きく育ってほしいのです。

そして生まれたのが、手加減知らずで家事スキルが壊滅的、万人から怖がられてロリコン疑惑まである恋する男の子・シヴァです。

そんなシヴァに寄り添い、欠点を補える存在がセラであり、彼女の着想秘話もお話ししたいところですが、残念なことに紙幅が足りないようです。

学校中から恐れられてしまったシヴァは名誉を挽回し、英雄として称えられる日が来るのか、セラとの恋はどうなるのか……いつかセラの着想秘話と共に語る日が来ることを、心から祈り、精進します。

最後に。イラストを担当してくださったＮａｒｄａｃｋ先生をはじめ制作に関わっていただいた方々、そして改めまして、《滅恋》１巻を手に取ってくださった読者の皆様！　本当にありがとうございます！　これからも大小判の活動を応援してくださると嬉しいです！

二〇二〇年　四月吉日　大小判

この本を読んでのご意見・ご感想・ファンレターをお待ちしております。
<宛先>　〒104-8357　東京都中央区京橋 3-5-7
（株）主婦と生活社　PASH! 編集部
「大小判」係
※本書は「小説家になろう」（https://syosetu.com）に掲載されていたものを、改稿のうえ書籍化したものです。

PASH! ブックス

# 世界中から滅びの賢者と恐れられたけど、4000年後、いじめられっ子に恋をする

2020年5月4日　1刷発行

著　者　大小判
イラスト　Nardack
編集人　春名 衛
発行人　倉次辰男
発行所　株式会社主婦と生活社
〒104-8357　東京都中央区京橋 3-5-7
03-3563-2180（編集）
03-3563-5121（販売）
03-3563-5125（生産）
ホームページ　https://www.shufu.co.jp

製版所　株式会社二葉企画
印刷所　太陽印刷工業株式会社
製本所　株式会社若林製本工場
編集　山口純平
デザイン　伸童舎

©Taikoban　Printed in JAPAN　ISBN978-4-391-15398-9

製本にはじゅうぶん配慮しておりますが、落丁・乱丁がありましたら小社生産部にお送りください。送料小社負担にてお取り替えいたします。

Ⓡ本書の全部または一部を複写複製（電子化を含む）することは、著作権法上の例外を除き、禁じられています。本書をコピーされる場合は、事前に日本複製権センター（JRRC）の許諾を受けてください。また、本書を代行業者等の第三者に依頼してスキャンやデジタル化することは、たとえ個人や家庭内の利用であっても一切認められておりません。
※JRRC［https://jrrc.or.jp　Eメール：jrrc_info@jrrc.or.jp　電話：03-6809-1281］

Sekaiju kara
Horobi no Kenja to
Osorerareteta kedo,
4000 nengo,
Ijimerarekko ni
Koi wo suru